MEE

BEZIGE BIJ POCKET 66

KEES VAN KOOTEN

*De ergste treitertrends*
*Koot droomt zich af*
*Koot graaft zich autobio*
*Veertig*
*Modermismen*
*Hedonia*
*Meer modermismen*
*Zeven sloten*

DE BEZIGE BIJ

Kees van Kooten

# MEEST MODERMISMEN

1989

DE BEZIGE BIJ

AMSTERDAM

Vrijwel al deze verhalen werden, tussen mei 1987 en augustus 1989, geschreven voor het Belgische weekblad HUMO.
Drie stukken verschenen oorspronkelijk in Vrij Nederland en in de VPRO-gids.
Alle verhalen zijn herschreven en verschijnen hier voor het eerst bij elkaar in boekvorm.


Eerste druk september 1989
Tweede druk november 1989
Omslag Ronald Slabbers/Leendert Stofbergen
Foto Roel Bazen
Druk Knijnenberg bv Krommenie
ISBN 90 234 2373 9 CIP
NUGI 300

Voor Guy Mortier

# INHOUD

Ik zal hem op ware grootte schetsen, wacht even:

Dit is dus de nagel van mijn linkerpink. Om u mijn minderwaardigheidscomplex te doen begrijpen is het niet nodig ook nog mijn andere negen nagels na te tekenen. Die zijn maar een fractie groter: wanneer de punt van mijn pen, halverwege het weergeven van deze pinknagel, een liftend haartje had opgepikt, zou u gelijk de maat van mijn wijsvingernagel hebben geweten. Ring- en middelvinger ibidem dito.

Mijn duimen, die kunnen er net mee door. Als Duim zijn ze te klein, toegegeven, don't rub it in, maar die nagels lijken tenminste nog ergens op. Had ik ze zo maar op mijn pinken!

Het eerste waar ik bij andere mannen tersluiks naar kijk, is hun handen. Ze hebben allemaal grotere nagels dan ik. Mooie, zachtglanzende, bikkelharde nagels, waarmee zij obers kunnen optrommelen en in vier seconden een heel Swiss army knife uitklappen. Nagels die hun lange, slanke vingers sterk en vanzelfsprekend bekronen.

Ik leg mijn handen wel eens onopvallend naast die van hen, om vanonder mijn oogleden vast te stellen dat ze daar gemiddeld anderhalf maal in passen. En mijn nagels gaan soms wel driemaal uit de hunne!

Ik heb overwogen mijn nagels eens per week uit handen te geven aan een manicure. In het telefoonboek stonden er vijf. Maar alle namen lazen als van getrouwde vrouwen. Kneedde de manicure, aan de huiskamertafel, mijn vingers in een steelpannetje sodawater, kwam natuurlijk net haar man thuis. Schuift neuriënd aan, vraagt of ik er bezwaar tegen heb dat hij rookt en begint een gesprek over vissen of duiven. Na ieder kostbaar kwartier tikt hun schoorsteenklok dankbaar tegen zijn pet. Nee ik kon beter mijzelf gaan manicuren, op vaste uren.

In de Nail-corner van de drogist begon ik te speuren naar de nieuwste nagelverzorgende snufjes. Ik wilde zelfs niet weten of er dierproeven aan de fabricage vooraf waren gegaan – zo hongerde ik naar mooie lange nagels.

Gedurende drie weken goochelde ik, op steeds ongeregelder tijden, met mijn voorraad tubetjes, flaconnetjes en pipetjes vol zalven, druppels, oliën en vetten.

Ik smeerde van alles de dubbele dosis, spatelde mijn nagelriempjes tot scheurens toe terug, penseelde flesjes vol Revitalisant pour Ongles leeg en ijsbeerde door mijn werkkamer, handenwapperend als een vrouw. Met een zogeheten clippette, ik droeg er permanent eentje in iedere broek, hield ik de randjes rond.

Dit deed ik allemaal in het geheim, in de hoop dat de huisgenoten mijn nieuwe nagels zouden opmerken.

Ik dacht hen hierbij te helpen door vaak met mijn kin in de kom van mijn handen te zitten, de vingers bevallig gespreid langs mijn wangen, maar dan vroegen ze of ik ergens over piekerde.

Zelf nam ik ook nauwelijks enige groei waar en in een dinsdagnacht – toen ik, een handdoek tegen de kou (prostaat!) onder mijn blote kont gevouwen, om half drie op de rand van het bad zat omdat ik mij vlak voor het inslapen had gerealiseerd dat ik mijn nagels nog niet had gedaan – legde ik ze definitief in mijn schoot.

Als het zo uitkomt, pulk ik nu een potje met een lucifer en bij het neuzen in laden of het rommelen in mijn pennenbakje kom ik nog wel eens een verdwaald tubetje cuticle-cream tegen, waaruit ik een rupsje langs mijn nagelriemen knijp dat ik schuldbewust begin in te masseren, maar van systematische, cosmetische handverzorging is allang geen sprake meer.

Door ze zo weinig mogelijk in beeld te laten verschijnen, heb ik weten te voorkomen dat mijn handen onze televisiecarrière dwarsboomden. Gelukkig heeft mijn collega hele mooie lange sterke vingers en nagels en daarom mochten wij, op Humo's Grote Pop Poll-avond in Brussel, twee Prijzen in ontvangst komen nemen. De nazit in Ancien Belgique was zo hartelijk en warm, dat er voor de boven de Bar wiekende reuzenpropeller niet tegenop viel te ventileren.

Met mijn handen in mijn zakken voerde ik geanimeerde gesprekken met tientallen sympathieke Belgische Laureaten.

Om kwart voor twaalf onderschepten wij de gefluisterde mare dat Guy Mortier, Humo's Hoofdredacteur, te middernacht zou verjaren. Dronken van Roem, Dankbaarheid en Duvel, besloot ik dat dit niet onopgemerkt mocht passeren. Als ik het mij goed herinner heeft de jarige zelf mij nog een kontje gegeven, zodat ik op de Bar kon klimmen, 'Dames en Heren!' roepen, om stilte gebaren en mijn beide armen in de lucht steken.

Mijn rechterhand werd onmiddellijk gegrepen door de op topsnelheid rondgierende turboventilator. Een broodmes van pijn.

Met een achteraf onbegrijpelijke koelbloedigheid acteerde ik een komische schrikreactie toen ik mijn zichzelf langzaam roodvervende hand ontwaarde en ik heb geloof ik ook nog 'Lang zal ie leven' ingezet, maar de meeste aanwezigen staarden ongelovig en met ingehouden adem naar mijn verwonding, zodat er bijna niemand meezong.

Duizelend hakkelde ik nog iets over een Groot Man en een Onvergetelijke Avond en toen kapseisde ik. Het was een vorm van stage-diving, want ik kwam veilig terecht op een groepje schrikogende vrienden dat mij halsoverkop terugleidde naar onze kleedkamer.

Bravo. Eens te meer was ik erin geslaagd mijzelf tot het bloedend middelpunt van andermans feestje te manoeuvreren. Een lief, streng meisje zei dat ze verpleegster was geweest en vroeg om mijn hand. 'Olala', zei ze. En wanneer ik mijn laatste tetanus-injectie had gehad. De oudste zoon van de jarige struikelde binnen met een verbanddoos uit zijn vaders auto en de koude kraan spoelde mijn blessure tot haar ware omvang terug: de ventilator had geprobeerd het topje van mijn rechterringvinger eraf te maaien. Een jaap van een schuine keep, vlak langs de nagelrand.

Toen ik was verbonden, wilde ik vlug terug naar de Bar, om Humo's hoofdredacteur met mijn linkerhand te feliciteren en om te vertellen hoeveel pijn ik had en wat er allemaal door me heen was gegaan en om mij door alle aanwezigen in plukjes te laten troosten en bewonderen, maar dat mocht niet, van mijn vrouw.

Via de achteruitgang verlieten wij het nog denderende gebouw en buiten hees zij mij op haar rug en bracht mij in looppas – over de verlaten Boulevard Anspach, waarbij de twee mij omgehangen medailles vrolijk rinkelden – naar ons Hotel op het De Brouckere Plein. Daar gebood zij de Receptie ijlings een nachtdokter naar kamer 207 te verzoeken.

Om de wachttijd te doden en de pijn te vergeten wilde ik een Adult Movie op de hoteltelevisie zien, maar het toestel mocht niet aan, van mijn vrouw. Dan kon er koorts bij komen.

De dokter arriveerde en meldde dat hij net gezellig aan een diner zat toen de receptie belde, maar dat ik mij daar niet bezwaard om hoefde te voelen.

'Olala', zei hij vervolgens. Nee, daar kon hij niks aan doen. Zeker niet hechten; veel te veel infectiegevaar. Hij zou mij voor de zekerheid een tetanusprik geven en er wat antibioticum-zalf op smeren en dan dit gaasje er zo overheen en de boel omwikkelen met deze pleister. Voilà.

Ik vroeg of ik de tweeduizenddriehonderd

francs in Nederlands geld mocht betalen en of het een litteken bleef.

Een mens telt zijn littekens en dit zou mijn totaalscore op vijfentwintig brengen dus dan liet ik, als de dokter weg was, een fles Champagne bovenkomen.

Een litteken? Ja, dat zeker. Maar wist ik wellicht hoeveel de gulden stond, ten opzichte van de franc? En die nagel zou er vanzelf wel af gaan vallen.

Dat is inmiddels gebeurd.

Toen had ik er nog negen.

Maar ach, wat doet het er eigenlijk toe! Als je vrouw maar van je houdt!

Ik heb haar die nacht beloofd dat ik, zodra mijn hand weer bruikbaar was, als een gek zou beginnen te trainen om een prachtig gespierd, geheel nieuw lichaam te kweken; afgezien dan van mijn nagels.

# HOE RAAK IK OP STREEK

Ze hebben me al drie keer geroepen van beneden, dat ik moet komen eten. Gezellig komen eten. Ik moet er niet aan denken. Ik heb geen trek. En totaal geen puf om op te staan. Ik heb geen trek, geen zin, geen fut en geen puf.

Ik lig hier maar wat naar het plafond te staren. Anderhalf uur al, hechten mijn lusteloze ogen zich nu eens aan een vochtplek, dan weer aan een scheur of aan een bladdertje. Momenteel volg ik een barst. Het is nog net geen in het niets staren, maar wel een vorm van ziende blind zijn. Naar minder kun je niet kijken.

Waar halen anderen toch al die positieve energie vandaan? Als je leest, in interviews, hoe belangrijke mensen, zonder gek te worden, hun dagen tot de rand toe vullen! Met kinderen en kerkgang. Met Recepties en Eteborrels. En wat ze niet allemaal lezen, bezoeken, bijhouden en doen! Boeken, Theater, Concerten, Bridgen, Golf. Puzzelritten, Tennistoernooien en Halve Marathons. Wanneer in godsnaam, wanneer? Terwijl ze dan ook nog eens een keer allemaal Schilderen, niemand uitgezonderd. Of zouden ze daar nu juist die mateloze leefdrift aan ontlenen? Dat kan bijna niet anders.

Het kan geen toeval zijn dat uitgerekend de meest succesvolle types het schilderen als belangrijkste hobby zeggen te hebben, tegenwoordig. Ministers, doktoren, advocaten, piloten: het is dat ze al een goede baan bekleden, anders waren ze vast en zeker schilder geworden. Ook de beoefenaars van artistiekere beroepen verklaren, ongevraagd, dat het schilderen hun favoriete vrijetijdsbesteding is. Filmacteurs, musici, televisiepresentatoren en schrijvers – ze doen het er nu maar zo'n beetje naast, maar allen hopen in een volgend leven fulltime schilder te mogen zijn. Knarsetandend van afgunst lees ik zulke gesprekken.

Waar haalt iedereen dat toch vandaan, die vrije tijd om zo maar wat te gaan zitten schilderen? Of wordt tijd automatisch vrije tijd als je hem schilderend doorbrengt? Dat moet haast wel, anders begrijp ik het niet.

'Als ik zo'n hele dag met mijn neus in de papieren heb gezeten, dan is er niets heerlijkers dan achter mijn ezel te kruipen en alles patsboem heerlijk van mij af te schilderen!', las ik gisteren uit de mond van een populaire notaris, in onze plaatselijke krant. En vanmorgen hoorde ik op de radio een vraaggesprek met een burgemeester, die verzuchtte dat hij eigenlijk tijd te kort kwam, omdat hij per dag niet meer dan een uurtje of twee kon vrijmaken 'om zalig wat met olieverf te stoeien'.

Een uurtje of twee! Per dag! Hoe komt zo'n man eraan? En het was geen dorpsburgemeester, nee, hij gaf leiding aan een middelgrote groeigemeente. Twee uur, toe maar! Terwijl het mij toeschijnt dat je ook niet eentweedrie aan de slag kunt, bij het schilderen. Eerst wat ouds aantrekken, baret opzetten, doek opstellen, lichtval en kwasten kiezen, tubes openen, kleuren mengen – ik heb geen idee hoor, want zoals gezegd: IK schilder niet – maar die eerste streek kost u toch ten minste een kwartier aan voorbereiding, lijkt mij? Daarna kunt u zich lekker op uw linnen uitleven, maar als het dan tijd is om terug te keren tot de orde van de dag, dus uw hoofdberoep weer op te nemen, lijkt het mij dat je nogmaals een kwartier mag uittrekken voor het tubes dichtdoen, kwasten spoelen, palet wegleggen, baret afzetten, noem maar op.

Dus vraag ik u, oprecht wanhopig: hoe slaagt u er toch in hemelsnaam in om, naast uw dagtaak, per maand zo'n twintig tot dertig schilderijen te maken?

En exposeert u ze al? Dat is natuurlijk niet iedereen gegeven en, puur praktisch gezien, een kwestie van wandentekort.

Volwassen intellectuelen die over een eigen werk- of praktijkruimte beschikken, zijn wat betreft de mogelijkheden tot tentoonstellen sterk in het voordeel. Ik noem hier onze huisarts en onze tandarts, die allebei hun wacht- en behandelkamer hebben volgehangen met zelfgeschilderde doeken, terwijl het werk van mijn kantoorvrienden, die alleen het woonvertrek als galerieruimte kunnen gebruiken, om die reden nauwelijks belangstelling krijgt.

Dat proberen zij te compenseren door altijd een stapeltje kleurenfoto's van hun recentste stukken op zak te dragen.

Inmiddels is het vrijetijds-schilderen allang niet meer voorbehouden aan de geprivilegieerde elite. Gisteravond mocht ik, aan de deur, zeker twintig gefotografeerde stillevens van de hand van onze melkboer bewonderen en onze domesticale assistente, die normaal elke woensdag stipt om negen uur voor de deur staat, belde vanmorgen dat zij voor haar moederdag een schilderdoos had gekregen en dat zij nu midden in een natuurtafereeltje zat en dat zij eerst de zandweg moest afschilderen, anders kon zij niet op haar snorfiets stappen.

Daar word ik voor de vierde keer geroepen. Mijn vrouw klinkt nu echt kwaad. Logisch: zolang de avondmaaltijd niet aan kant is, kan zij niet achter haar schildersezel kruipen.

Ik moest maar eens naar beneden gaan.

Nog een laatste blik op het plafond van onze slaapkamer.

Drie, vier jaar geleden zou ik het witten.

Tot op ongeveer een derde van de oppervlakte, ben ik gekomen.

Hoe kan ik ooit rustig gaan zitten schilderen zolang er nog zoveel valt te verven!

## LIEVEHEERSBEESTJE

Lastig zijn ze!

Ik had allerhande belangrijke zaken met u willen bespreken en daar komt nu niets van terecht.

Hij zit op de kiesschijf van mijn telefoon, bij de zes. Zij. Zij zit. Ik had willen wijzen op de kortzichtige gemakzucht waarmee fabrikanten van 'centimeters' (het gele, oprolbare meetlint dat in geen ouderwetse naaidoos ontbreekt), steevast een breedte van twaalf millimeter voor hun centimeter aanhouden.

Wacht even, zij is weg. Nee, daar! Op de dop van mijn inktpot. Het lijkt wel of ze weten waar ze moeten gaan zitten om zo flatteus mogelijk uit te komen tegen de achtergrond. Ook had ik iets met u willen afspreken over het gebruik van de Eind-groet Hartelijke Groeten, onder aan brieven. Steeds vaker lees ik: Hartelijks!

Ook wel: Hartelijke, waarbij de geadresseerde wordt geacht zelf 'groeten' in te vullen. Die zelfde rammelende losheid kenmerkt het gebruik van Vriendelijk, Vriendelijks en Vriendelijke. Zojuist zat er een brief bij de post die eindigde met 'een Hartelijk Welgemeends' en een ansichtkaart uit België besloot met de wens 'in Welgemeende Oprechte'!

Kijk, nu vliegt hij van de inkt- naar de theepot. Ze hebben hittebestendige pootjes. Ik had u willen vertellen dat ik ook nog een officieel schrijven van de belastingdienst trof, waarin het veertien cijfers tellende nummer werd vermeld waaronder ik tot tien fiscale jaren na mijn dood geregistreerd zal staan. De geboortedatum klopte niet, las ik; het was die van mijn zoon. Zelfde voorletter. Fiscaal nummer, staat er boven aan het formulier. Digitale letters, in blauw. Vergissing van de computer, dacht ik ouderwets en ik wilde het papier al verproppen, toen ik mij er met een plotse rilling rekenschap van gaf dat het allemaal wèl klopte: kinderen van veertien jaar krijgen een fiscaal nummer, in Nederland.

Natuurlijk! Wat dat het rijk al die fiscaal nummerloze jaren moet hebben gescheeld! De niet afgedragen loonbelasting van meer dan honderdduizend krantenwijken! De circa twee miljard gulden die er jaarlijks aan zwart autowassen wordt verdiend! Waar blijft trouwens het fiscaal nummer voor mijn dochter van twaalf? Is het de staatssecretaris bekend dat zij het vorige jaar voor ten minste honderdvijftien gulden illegaal heeft gebabysit?

Hij heeft vijf zwarte stipjes. Zeg ik weer Hij. Twee ter grootte van een speldeknop, twee van een idem punt en eentje tussen zijn schouderbladen; precies gelijk verdeeld over zijn beide vleugelbeschermende schildjes.

Zij is zo te zien ergens voor in training, want nu en dan vlagt er een gazig eindje vleugel achter hem aan, dat zij, stevig doorstappend, tracht uit te vouwen; maar dat wil nog niet best. Dan klapt hij zijn andere schildje omhoog en test de tweede vleugel, maar die ziet er nog onvolgroeider uit.

Er zal toch niks met hem wezen?

Zal ik haar vangen en even langs de dierenarts gaan? Plaats nemen in de wachtkamer met een lucifersdoosje op schoot, waar mijn Lieveheersbeestje in zit?

Ik zeg Mijn Lieveheersbeestje, want zo voelt dat met ze – zolang ze binnen je gezichtsveld zijn, behoren ze aan jou.

Ze laten zich goedgelovig op je vinger lokken, in tegenstelling tot vliegen, nachtuiltjes, langpootmuggen en sprinkhanen, die ook wel eens op mijn bureau landen, maar met wie de vriendschap altijd vluchtig blijft. Die zullen zich nooit op je hand wagen, zoals zij nu bij mij doet. Kijk maar: door handig manipuleren kun je hem meters over de muis en de rug van je duim laten lopen.

Dan weer voorzichtig de vrijheid geven, want ze heten geluk te brengen en ook vervullen zij een orakelrol in liefdeszaken, wat door sommigen in verband wordt gebracht met het feit dat dit kevertje, bij de Oude Germanen, aan de Godin Freya was toegewijd; lees ik, bladerend met mijn vrije hand, in de encyclopedie. En dat het zevenstippelig Lieveheersbeestje in Nederland en België zeer algemeen is.

Nu terug op plat vlak zetten, met de uiterste zorgvuldigheid, zodat hij niet op haar rug valt, want dat is een hartverscheurend gezicht en zo'n schouwspel brengt een heel gezelschap van volwassenen in unanieme, tedere paniek: vlug jongens, allemaal helpen en even stil zijn – daar ligt een lieveheersbeestje ondersteboven te spartelen!

Er zit ook nog een brief van mijn moeder bij de post. Zij schrijft dat ik het haar niet kwalijk moet nemen dat ze weer een aanslag op mijn zo kostbare tijd doet, maar of deze er misschien nog bij kan. Een haiku.

In 1980, een jaar na het overlijden van mijn vader, begon mijn moeder ze te schrijven. U kent ze wel: de eeuwenoude, Japanse haiku is zo populair geworden dat ieder Nederlands stadje op een eigen Haiku-Kring kan bogen.

Mijn moeder, die niets van kringen moet hebben, schreef ze in haar eentje, aan de keukentafel, waarop altijd een theelichtje brandt.

'Mijn vijf cent gezelligheid', noemt zij dat waakvlammetje.

Haiku. Drieregelig versje waarvan de eerste regel vijf lettergrepen telt, de tweede regel zeven en de derde weer vijf. Ritme gebaseerd op ademhaling. Het is de kunst om, in die strikte vorm, een dichterlijke waarneming te formuleren. Liefst naar de natuur.

Na een half jaar streng kijken en sleutelen had mijn moeder er vijftig gereed en daar liet ik een boekje van maken dat *Waarlangs streek de wind?* heette. Zij was er dolblij mee, want mijn moeder hunkert niet zozeer naar erkenning als wel naar herkenning; of de lezer dat nu ook heeft, met alles wat leeft. De titel was ontleend aan haar eerste haiku, die luidde:

Waarlangs streek de wind
die ik nu op mijn wang voel?
Hij komt van zo ver!

Wij lieten tweehonderdvijftig boekjes drukken en verzorgden zelf de distributie.

Mijn moeder gaf er honderd weg, ik vijfentwintig, twee Haagse boekhandelaren legden er ieder dertig bij de kassa, twintig stuks raakten er zoek of kregen waterschade (thee) en de resterende exemplaren nam ik wel eens in het geniep mee als ik ergens mijn eigen boekjes moest signeren. Ik had toen nog geen Fiscaal Nummer en dan verkocht ik ze los en vanonder de toonbank, om nog iets zwarts van de drukkosten terug te verdienen, aangezien *Waarlangs streek de wind?* een prachtig, maar peperduur boekje was geworden. Het colofon achterin vermeldde dat dit een uitgave was van Uitgeverij De Liefde, gevestigd op het huisadres van mijn moeder. Alle exemplaren hadden wij met de hand genummerd en na een maand bezaten wij er elk nog eentje. En omdat mijn moeder er zulke leuke reacties op kreeg (familie in Australië, kennissen uit Canada), hebben wij besloten haar boekje te laten herdrukken, uitgebreid met een stuk of twintig nieuwe haiku van haar hand.

Dit moet dan echt de laatste zijn, want de drukker is al aan het draaien.

Een gelinieerd velletje, gescheurd uit een schoolschrift, in drieën gevouwen. Ik klap het uit en herken de joyeuze letter van mijn eerste, in 1961 thuis achtergelaten tikmachine. Ik strijk de vouwen glad en ik lees:

> Je naam beschermt je
> in wrede kinderhanden,
> Lieveheersbeestje.

# GEEN TEKSTVERWERKER!

6 november 1986.

R. uitgezonderd, bezitten al mijn schrijvende vrienden nu een Tekstverwerker. Een Tekstverwerker is een Computer met een Toetsenbord, een Beeldscherm en een Printer.

Ik hoop dat ik de apparatuur aldus duidelijk voor u heb omschreven, maar waarschijnlijk is dat niet eens nodig – het zit er dik in dat ook ú reeds de trotse en knappe bezitter van een Tekstverwerker bent! Straks heeft iedereen een Tekstverwerker, behalve ik! Waarom wil ik geen Tekstverwerker hebben? Is dat aanstellerij van mij? Computerangst? Kinderlijk gekoketteer met mijn technisch onvermogen? Wil ik, in een mengeling van alphapoch en bètabang, soms graag de indruk maken dat ik een bedaagde en ouderwets gedegen stijl van leven heb waarbinnen geen Digitaal wordt gesproken? Nee, dat klopt niet. Daar is mijn weren van moderniteiten te weinig consequent voor. Was ik soms nog af met de hand? Onzin: in de machine met die vuile hap. Sta ik nog altijd op uit mijn stoel wanneer ik bij het televisiekijken van kanaal wil wisselen? Allesbehalve: ik heb afstandsbediening. Mijn citrusvruchten pers ik elektrisch, houtwerk schuur ik machinaal en ook mij scheren doe ik via het stopcontact. Ik bezit een elektronische rekenmachine, een magnetron-oven en een CD-speler. In de gang, naast het toilet, heb ik uit een oogpunt van besparing, een zelfdenkende lichtschakelaar gemonteerd, zodat de lamp in ons halletje tien minuten blijft branden, waarna hij het voor gezien houdt totdat je opnieuw de knop indrukt.

Je kunt dus niet zeggen dat ik geen deel heb aan het moderne leven en zijn tientallen tot ons genoegen bedachte gemakken. Maar een Tekstverwerker wil er bij mij niet in. En ik weet niet waarom eigenlijk niet, want al mijn vrienden zijn wildenthousiast. En sinds het bezit van hun Tekstverwerkers schrijven ze meer en beter dan ooit, constateer ik met afgunst – dat beeldscherm waarop al je gedachte woorden zich puntsgewijs aaneenrijgen moet buitengewoon stimulerend en inspirerend werken. In het begin hoopte ik nog dat dit nieuwigheid was en dat hun geestdrift wel snel zou slijten, maar nu, maanden later, zie ik dat mijn schrijvende vrienden nog steeds aanstekelijk in de ban van het beeldscherm zijn. Dat we hier, in de MacLuhaneske terminologie, met een hot medium van doen hebben, werd al wel bewezen door mijn vriend P., die zelfs een paar dagen eerder van zijn vakantie terugkeerde omdat hij het daar, zonder Tekstverwerker, niet langer uithield!

Toch wil ik geen Tekstverwerker. Ik kan er niet mee omgaan! zeg ik; daar ben ik gewoon te dom en te zenuwachtig voor! Ik begin al te transpireren bij het lezen van de gebruiksaanwijzing! Onzin! roepen mijn schrijvende vrienden; je moet er niet zo bang voor zijn want in 1 middag heb je het door en dan heb je in feite niets meer of minder dan de perfecte typemachine! Nooit meer corrigeren met Tipp-Ex, geen carbonpapier meer nodig, geen vieze vingers meer van het typelint wisselen! Je verbetert je teksten op het schermpje, net zolang tot er staat wat er staan moet en pas dan geef je je machine opdracht om je tekst te printen. Kijk maar: zo. En met een hand steunend op de leuning van hun commandostoel volg ik de zoveelste demonstratie, knorrend van bewondering; precies zoals ik pianisten op hun vingers sta te kijken, hangend op een hoek van de vleugel.

En je kunt hem bij voorbeeld zo programmeren dat al je correspondentie er uniform uitziet, gnuiven mijn vrienden. Alle brieven hun vaste indeling en kadrering. Maar de enveloppe dan? vraag ik slim; hoe betik je dan je enveloppe? Want de tekst rolt op speciale vellen uit de printer, maar een enveloppe of ander papiertje kun je er dus niet insteken, in je Tekstverwerker. Nee, dat is waar en daar moeten ze mij dan gelijk in geven, maar dat bezwaar valt volkomen weg tegen de mogelijkheid om, zij noemen maar wat, al je teksten te bewaren. *Saven* heet dat en dat gaat op Floppy Discs. En wil je weten wat je toen op hebt geschreven, dan steek je gewoon de betreffende floppy ergens in en dan roep je je tekst op en die floept dan op je beeldscherm. Dus na aanschaf van een tekstverwerker zou ik al mijn pakken papier met oude teksten moeten overzetten op floppy discs? Eigenlijk wel ja, als ik het helemaal goed wil doen.

Ik denk aan die honderden oude vellen met hun onderlinge kleurverschillen, jaarringen en gradaties van verschotenheid. Op sommige staan belangrijke telefoonnummers en adressen in de marge. Op andere prijken dierbare koffiekringen en ik weet nauwkeurig uit mijn blote hoofd welke teksten dat zijn. Ik kan ze oproepen door een van mijn bergladen open te trekken en door de inhoud te bladeren. Wanneer ik al die oude teksten overtik en op floppy zet en mijn oude papieren verscheur, heb ik het gevoel dat ik mijn teksten de ruimte in stuur – ze zijn er nog wel, maar eigenlijk niet. Ze zijn niet langer tastbaar, maar zweven ergens rond. En al behoor ik niet langer tot de goedgelovigen die denken dat hun saldo van fl. 265,45 ergens bij de bank bewaard wordt in een doosje waar hun naam op staat en waar exact fl. 265,45 in zit – als straks de floppy discs worden vervangen door CD-schijven, waar duizendmaal zoveel informatie op kan en die eraan schijnen te komen; mijn hemel dan heb ik het gevoel dat mijn oude woorden ergens in de Melkweg cirkelen!

Begrijpt u wat ik probeer te formuleren? Ik tracht hartstochtelijk te rechtvaardigen dat ik niet tot de aanschaf van een tekstverwerker zal overgaan. De reden dat ik dit niet doe is angst en die angst is gegrond op mijn zelfkennis; ik zal niet met een tekstverwerker overweg kunnen. En omdat ik best weet dat die onnozelheid in wezen een vorm van luiheid is, sprong ik jongstleden donderdag een ouderwets gat in de lucht toen ik eindelijk een gerede grond voor mijn instinctieve afkeer van de tekstverwerker vond. Dit is mijn excuus: als ik zit te tikken op deze (elektrische!) machine en even niet weet hoe ik verder moet, kijk ik op van het papier en richt ik mijn vertwijfelde blik recht vooruit op de wand achter mijn bureau. Daar hangt een permanente collectie van persoonlijke foto's, knipsels en kindertekeningen. Welnu – op die manier wegdwalen, in het vertrouwde niets kijken en bidden om inspiratie, lukt niet met een tekstverwerker! Het beeldscherm neemt je hele uitzicht in beslag! Als je wilt zien wat er voor je (dus achter de tekstverwerker) op de muur hangt, moet je je stoel achteruit schuiven, recht overeind gaan staan, eroverheen kijken en weer gaan zitten. En omdat ik per A4-vel gemiddeld twintigmaal op- en peinzend voor mij uit kijk en ik nu te oud ben om nog wat te versleutelen aan die ingesleten motoriek, kan ik de aanschaf van een tekstverwerker niet riskeren. Deed ik het wel, dan zou, om maar iets te noemen, de tekening die mijn dochter Kim op vijfjarige leeftijd voor mij maakte, voorgoed uit het gezichtsveld van mijn schrijven verdwijnen:

Vandaar.

# GEACHTE HEER

Af en toe sta ik op uit mijn stoel en kijk uit mijn raam. Ze staan er nu al drie kwartier, kan ik zien van hier. Haar ken ik wel, maar die jongen is nieuw voor me. Zij is vijftien en ze heeft een jaar lang zo'n bit van een american football-helm gedragen, om haar ontsnappende boventanden binnen te houden. Die kostbare maskerade heeft kennelijk het beoogde resultaat gescoord, want toen onze hond mij gisteravond mee uitnam en ik haar met de hunne ontmoette, groette zij me beleefd met alleen nog maar een binnenbeugel: een over de boventanden gespannen zilveren draad, die op zes à zeven plaatsen wordt onderbroken door een kwak corrigerende soldeer. Ik zei dat haar tanden er prachtig uitzagen en vroeg voorzichtig hoe lang ze die beugel nu nog moest dragen en zij antwoordde stralend: 'O nog een half jaar maar.'

De zon staat laag en het kan verbeelding van me zijn, maar ik meen dat ik bij die jongen met wie ze staat te praten ook iets beugelachtigs zie flikkeren. Zo te zien zijn het bij hem de ondertanden.

'Gelukkig voor ze', denk ik; 'als ze allebei een bovenbeugel hadden gehad dan hadden ze onmogelijk goed kunnen zoenen.'

Ik schud deze platte volwassenengedachte meteen uit mijn hoofd, laat de vitrage terug op haar plaats ruisen en ga weer zitten. Pak wat papier en een stel enveloppen. Achter mijn voorhoofd lopen de excuses zich alvast warm. Mijne Heren! Waarom ik u helaas niet eerder heb kunnen schrijven. Komt door de lente, die mij denken doet aan zoenen. Waar die twee bijna aan toe zijn. Dat zie je aan hun hele manier van staan.

Ze zijn met de fiets, bij wijze van excuus voor thuis. Zal ik even je brieven gaan posten, pa? Vorige winter sprak ze op deze zelfde hoek vaak af met een jongen uit de straat hierachter. Planden ze het zo, dat ze op een afgesproken uur allebei de hond gingen uitlaten.

Soms wel driemaal, tussen uit school komen en naar bed gaan. Na een week wilde haar hondje niet meer; zag je hoe ze hem moest meesleuren. Het was of zijn pootjes iedere dag een stukje korter werden. Ze droeg hem, op het laatst.

De hond van die vorige jongen zag dat hondje van haar niet zitten. Niet agressief of zo; gewoon geen interesse. De eerste keer nog wel een beetje gehijg en gesnuffel, maar daarna mekaar niks meer te vertellen. Gingen ze onmiddellijk elk een andere kant op liggen kijken.

Geachte heer dus. Allereerst mijn excuses voor mijn late reactie op uw vriendelijke brief. Het is nog maar de vraag of mijn antwoord vanavond rondkomt, want nu moet ik weer even uit het raam kijken, omdat het buiten lente is. En voor de hoeveelste keer nu alweer niet? Toch blijft zij altijd weer nieuw; ondanks al die oude, steeds dezelfde dingen waar het hedenavond weer van wemelt, als je goed kijkt.

Zo staan er hier beneden een jongen en een meisje op de hoek. Ze zijn verliefd. Hun fietsen zitten vol met stickers die ze er deze week van af zullen peuteren. Alleen om elkaar, gaat het hun nu nog maar.

Ze zijn niet afgestapt, maar op hun fietsen blijven zitten. Hij op de stang, met aan elke kant een balletje, want zo zat je het makkelijkst.

Zij staat wijdbeens boven de hare en ze kneedt gespannen haar handvatten. Hun voorwielen raken elkaar en af en toe zeggen ze wat. En daarna kijkt zij ongerust om zich heen, of er nog niemand aankomt. Daar hoeft zij niet bang voor te zijn, want hun vaders en moeders zitten veilig voor de televisie. Als ze even niets weten te zeggen, praten ze met hun voorwielen, die ze liefdevol tegen elkaar slaan. Per ongeluk, zogenaamd.

Ze hebben zelf niet in de gaten dat die meppen steeds heviger worden. Over een kwartiertje zullen zij afscheid nemen met de belofte dat zij elkaar hier morgen weer zullen treffen. Dan zal ik weer voor dit zelfde raam staan; uit het zicht, op mijn hoede en dertig jaar jonger. En de jongen rijdt zometeen naar huis en merkt na honderd meter dat er een slag zit, in zijn voorwiel. En op het ritme van die golving zal hij binnensmonds haar naam scanderen. U wilt mij dus wel excuseren dat ik u nog altijd geen antwoord op uw schrijven heb kunnen geven, maar ik heb het nu even te druk met leven.

Hoogachtend,

# DOOR DE KNIEËN

Geen ruggegraat en geen principes. Schreef tijdje terug nooit Tekstverwerker te zullen nemen. Zit nu trillend van de opwinding achter eigen Home-computer.Wil het daar niet over hebben. Hel & Hemel dienaangaande al luisterrijk bezongen door Gerrit Komrij,Jan Mulder,Wim de Bie, Piet Grijs en H.J.A.Hofland. Heb een Harde Schijf, waar een Schrijf- en een Tekenprogramma op zitten. Heb eerste tekening met computer gemaakt en geprint! Wilde eerst harde politieke cartoon tekenen over wapenonderhandelingen tussen Amerika en Rusland (zegt Reagan : "ik praat pas verder als Mevrouw Gorbatsjov óók 1 borst inlevert!"), maar kreeg hoofd Reagan niet lijkend. Dáárom wat makkelijkers geprobeerd. Kreeg tekening geprint, maar tekst printen lukt nog steeds niet. Kan wel op schermpje tikken en verbeteren. Tik vervolgens met oude tikmachine tekst over van schermpje, op ruimte boven tekening, gecreëerd na negenmaal proefprinten.Ben hier 8½ uur mee bezig geweest, maar zie toekomst, hoewel dubbel,vol vol vertrouwen tegemoet ! vertrouwen tegemoet !

Zegt de middelste gevangene: "dan moeten jullie kontakt opnemen met je advocaat, want dat kun je namelijk eisen!"

16 januari 1987,
Kees van Kooten

# DUBO, DUBON, DUBONNET

Ik was graag een wat ervarener en wereldwijzer reiziger geweest, maar daar is mijn aard te bedaard voor en mijn smaak te burgerlijk, ben ik bang. Of weet ik eigenlijk wel zeker.

De echt verre en gevaarlijke reizen laat ik dus over aan Jan Donkers, Carolijn Visser, Jan Cremer en Cees Nooteboom, zodat ik mijn eigen blik op mijn gemak kan blijven vernauwen in Frankrijk.

Ik ben net weer een weekje langs een snoer van duttende dorpjes getuft, over de oude Route National 51, van Rocroi, via Reims en Epernay, tot aan Sézanne. In de meeste gehuchten spanden de verschoten vlaggetjes van de veertiende juli nog boven de hoofdstraat, maar ze hadden zich vreugdeloos vastgewapperd. En iedereen leek weer te slapen, als altijd, op elk uur van de dag.

In ieder dorpje speur ik naar oude, ooit op blinde zijmuren geschilderde reclames. Die fotografeer ik, want ik spaar ze.

De meeste muurschilderingen zijn overgepleisterd, weggepoetst of voor driekwart afgedekt door enorme, op een houten of metalen raamwerk gespannen affiches voor Supermarchés, maar nog altijd kan om iedere bocht het sinds mijn kindsbeen zo vertrouwde patina van de verweerde muurreclame blauwen. Of roden en groenen en gelen. Om nooit te vergeten kleuren. Het is dertig graden en ik ruik Franse middagmalen. Hier en daar waait een wakkere radiostem uit de ramen. De hoofdstraat is leeg, op twee kleine jongens na. Ze staan onzeker op de stoep, voor een open cafédeur en ze zijn allebei zeven. De grootste doet of hij zich uitrekt en steekt daarbij zijn duimpje omhoog; half hopend dat ik het zien zal en denken dat zij al minstens twaalf zijn en samen op vakantie en hier toevallig staan te liften. De ander durft niet goed te kijken en zal weghollen als ik zou stoppen, want wat moeten ze dan zeggen? Dan worden ze misschien wel naar honderd kilometer verder meegenomen en moeten ze tien dagen teruglopen, zonder eten en drinken, alleen aan de dorpspomp en zien ze hun ouders naar alle waarschijnlijkheid nooit meer levend terug!

Als ik passeer wuif ik ze plechtig toe en de bange van de twee zwaait, na een kleine aarzeling, opgelucht terug, maar het liftertje blijft in zijn rol, houdt zijn duimpje zelfs nog wat hoger en kijkt boos.

In het volgende dorpje stop ik, voor een kop koffie. Een reiziger drinkt alles, toeristen enkel koffie. In het smalle, koele café-tabac is niemand, behalve de eigenaresse. Zij is een knappe, rond vijftigjarige vrouw met zwart strak haar en een strakke mond. Ze staat wat over haar zinken toog te aaien, met een theedoek. Haar gedachten zijn ergens anders. Ik moet mijn verzoek om une grande crème tweemaal herhalen. Weer zegt ze Oui oui, maar nu loopt ze langs me, naar de openstaande cafédeur en begint ze te doen of zij hiervan de stijlen opwrijft, terwijl zij strak naar rechts blijft kijken, het zinderende straatje af. Dan draait zij zich fronsend om, komt weer naar binnen, schikt in de spiegel van de Loterie Nationale achter de bar haar haar, staart nog even naar de bierpomp en begint mijn koffie te zetten.

Als ik, van een algeheel welbehagen bezeten, blazend mijn eerste slok wil nemen, stopt er voor de deur zo'n geel Renaultje van de Franse posterijen. De facteur, een tevreden bloezende en blozende kerel, stapt eruit en verdwijnt in het steegje naast het café. De waardin gaat naar achteren, werpt de natte theedoek op het laatste van de vier tafeltjes en strijkt, vanonder haar billen tot aan haar middel, haar handpalmen langs haar heupen droog. Door de openstaande deur verdwijnt zij in de keuken.

Ik drink mijn koffie en prijs mij gelukkig. Er steekt een manke hond over, schuin. Hij snuffelt terloops aan het postautootje, hipt op drie poten naar binnen, ruikt ook nog even aan mijn broek en hinkt dan routineus door naar achteren.

Uit een stapvoets langszoemende auto wappert een flard van de Tour de France-reportage. Ik besluit te vragen of de televisie aan mag. Door Rooks heb ik recht van spreken. Hoog in de linkerachterhoek ondersteunt het toestel, als een vierkante kariatide, het vergeelde plafond. Dan wacht ik hier lekker de finish af, met zometeen misschien een biertje.

– Madame? roep ik. Zij komt niet. Ik schuif behoedzaam mijn stoel achteruit – van het gierpiepen van metaal op graniet houd ik de hele middag kippevel –, been energiek naar achteren en stap de keukenruimte binnen. Daar staat de waardin, gewikkeld in de armen van de postbode; met haar hoofd op zijn schouder en het haar nu half los. Zij slaat haar ogen op en kijkt mij troebel aan.

– Pardon Madame, buig ik.

Nu ziet ook de postbode wie hen betrapte.

– Et monsieur aussi pardon, voeg ik er beleefd aan toe.

De vrouw wil weg uit zijn omhelzing en bukt zich om, onder zijn armen door, aan de greep van haar facteur te ontsnappen, maar die laat haar niet gaan en kijkt mij koelbloedig aan. Zijn blik kan zowel spottend als verzaligd zijn bedoeld. De koelkast slaat af en de zeven slastelletjes die er bovenop staan moeten er even van rinkelen. Dan is het weer stil. Ik moet iets zeggen.

– Je vous félicite monsieurdame, verklaar ik; je vous félicite avec votre heureusitation. Et parce que les Hollandais roulaient si bien dans votre Tour de France, je veux vous offrir une bouteille de Champagne!

– Ah, Tunis! roept de postbode en pas als we tien minuten later gedrieën aan het mooiste tafeltje zitten en proosten op het tweehonderdjarig bestaan van de Revolutie, begrijp ik dat hij Theunisse bedoelde. Mijn tong raakt losser en losser en ik vertel ze van mijn fotosafari.

– Dan moet mijnheer Jacques Anglade bezoeken, zegt de waardin; Jacques Anglade in Champaubert, want die maakt hele mooie.

– Wat madame?

– Des peintures murales!

– Ah oui, le Jacques, beaamt de postbode en weer kan ik zijn glimlach niet plaatsen.

Als ik een half uur later het café uit zweef, staan ze mij in de deuropening na te zwaaien; hij met zijn arm om haar middel.

Als u eenmaal in Champaubert bent, kunt u Jacques Anglade eenvoudig niet missen: zijn visitekaartje heeft hij over een vlak van drie bij acht meter op de gevel van zijn atelier geschilderd. In de verwilderde tuin naast het huis, de bovenste helft van de zijgevel bekleed met de bekende slangehuid van leistenen pannen, stookt een kabouter met een baard een vuurtje van twee stoelen en wat dozen en vele verdorde boeketten.

– Kent u mijnheer Anglade? probeer ik.

– Dat ben ik, antwoordt hij.

– Bent u de reclameschilder? vraag ik. Lange trappen nodig, denk ik.

Jawel, die is hij, maar die is vandaag dicht, bromt de kabouter en hij blijft mistroostig in zijn vuurtje porren.

Ik vertel hem dat het mij niet om een opdracht gaat, maar dat ik hem, de specialist, zo graag een paar dingen over reclamemuurschilderingen zou vragen.

– Die maak ik niet meer, moppert Anglade.

– Nee, maar vroeger misschien? dring ik aan; heeft u misschien ooit van die oude muurschilderingen gemaakt? Van deze? Ik laat hem een paar van mijn fotootjes zien en dan veert hij op, verrast en gevleid, gooit zijn stok in het vuurtje en noodt mij aan zijn keukentafel, met een fles van zijn eigen wijn.

Nu start Jacques Anglade een snelle, met veel knipogen verluchte monoloog van een half uur. De helft van zijn verhaal ontgaat me, maar wat ik ervan begrijp bevredigt zo'n beetje alle vragen die mij, bij het zien van Franse muurreclames, in de loop der jaren kwelden. Hoe noem je zo'n schilder nou, meneer Anglade? Toch niet gewoon een peintre? Maar nee! De muurschilders heetten officieel de Pignonistes (het Franse Pignon betekent gevel) maar in de volksmond gingen zij door voor 'Barbouilleurs' (van Barbouiller: bekladden) en zij hebben de Franse dorpen 'geripolineerd'; 'ripoliné' komt van het verfmerk Ripolin, dat een van de allereerste produkten was waarmee op deze nieuwe manier werd geadverteerd. Hoewel, dat is onzin, schudt Anglade zijn baardje, want rond 1800 werden in Parijs al pignons van hotels en winkels beschilderd, maar dans la campagne begon het gevecht om de meest in het oog springende blinde muren, waarop de nieuwe industrie zijn produkten zo verleidelijk mogelijk kon afficheren, pas met de komst van de auto. En met de uitbreiding van het spoorwegnet. Olie- en benzinereclames natuurlijk en automerken, Panhard, Citroën, Simca, Hotchkiss zelfs nog en pas later verschenen de reclames voor de apéritifs, voor chocolade, koekjes en babyvoeding; voor hotels die honderd kilometer verderop aan de route lagen, noem maar op. En Ripolin, zei ik u, u weet misschien wel, die drie mannetjes in die witte jassen. Die heeft mijn vader nog wel gemaakt, Ripolin. Mijn vader was nog een authentieke pignoniste. Mijn God, wat heeft die niet allemaal geschilderd, tussen 1910 en laten we zeggen 1940! Margarine Astra, Jambon Olida, Bouillon Kub, Byrrh, le Vin Tonique! Hij was steeds een week thuis, voor besprekingen met de bureaux de publicité, verf mengen, werktekeningen maken, leerling-schilders instrueren en dan vertrok hij weer voor een week of drie. Dat was heel normaal. En Frankrijk is groot. Heel soms mocht ik met hem mee.

– Dat heb ik me nou altijd afgevraagd, onderbreek ik mijn gastheer; ze trokken dus rond, die pignonistes? Een beetje als zigeuners?

– Zigeuners? Mais non! Ah oui, het waren natuurlijk bohémiens, des vagabonds, olala, dat spreekt. U moet zich voorstellen, dans la campagne, als er drie van die jonge kerels zo'n slaperig dorpje binnen kwamen rijden, waar nooit iets gebeurde! Die brachten avontuur! Het publiek kreeg alleen te maken met deze artistes des routes en had geen idee van het gevecht om de mooiste pignons. Je had dus aan de ene kant de gemeentebesturen en de ambtenaren van het arondissement en aan de andere kant de reclamebureaus en de agentures concessionaires (types die de rechten hadden of zegden te bezitten op alle blinde muren in een bepaalde streek), want het ging natuurlijk om enorme bedragen.

– Dat hoorden Hollandse kinderen ook altijd van hun ouders, als we in Frankrijk zo'n muurreclame zagen, knik ik; dat de mensen in zo'n huis daar een heleboel geld voor kregen. Dat soms de hele huur werd betaald door Suze of door Saint Raphaël. Dus dat was waar?

Hier moet Jacques Anglade hartelijk om lachen. Welnee! Hoe komen die Hollanders daarbij? Geen sou, kregen die mensen. Weet u hoe het ging? Een ploegje pignonistes slenterde met een meneer van het reclamebureau een tijdje rond tot ze laten we zeggen de vier geschiktste Blinde Muren hadden gevonden en dan zeiden ze tegen de huiseigenaren dat die muur er niet best uitzag en dat ze niet vreemd moesten opkijken als daar vandaag of morgen vocht doorheen kwam slaan, tenzij hij nu snel werd overgeschilderd en dat zij dat karweitje wel wilden klaren, voor niks. En dan gaf bijna iedereen zijn toestemming. Ja, als het om een Dubonnet-reclame ging dan kregen ze wel eens een litertje cadeau van het partijtje weggeefflessen achter in de schildersauto en als mijn vader een reeks Rasurel-muren moest maken, lingerie was dat, dan gingen er van het reclamebureau altijd een paar dozen onderbroeken mee om halsstarrige gezinnen mee te paaien, maar de meeste Fransen hoefden er niks voor te hebben, dat was het gekke! Die mensen waren veel te trots op hun muur met reclame, want daarmee onderscheidde hun huis zich van de rest en kon je het al aan het begin van het dorp herkennen. Nee, dat zou je nu niet meer hoeven proberen! Maar zoals ik u zeg: het waren echte cowboys, de pignonistes, want het ging dikwijls hard tegen hard. Mijn vader heeft het wel meegemaakt dat ze in een dorpje een pignon hadden beschilderd voor Olie Antar en als ze dan een week later terugreden en door datzelfde plaatsje kwamen, was hun muur overgeschilderd met reclame voor Kervoline, de concurrent!

– En dan bleven ze slapen in die dorpjes?

– Maar natuurlijk, glundert Anglade; een goede muurreclame schilderen kostte vier, vijf dagen, dus dan logeerden ze in het plaatselijke hotelletje, dat er zelden was, dus dat werd slapen bij de mensen thuis. En het waren kunstenaars hè, pas op! Dus 's avonds in het café tekenden ze op verzoek portretten van de dorpsbewoners, zo verdienden ze nog wat bij. Vooral van de jonge meisjes natuurlijk, maar die kregen ze dan voor niks. Hoewel, voor niks? Enfin, u begrijpt wel hoe dat ging. D'r hebben heel wat pignonistes halsoverkop hun potten en kwasten moeten pakken en een halve muurschildering moeten achterlaten, wanneer er weer eens een bedrogen verloofde verhaal kwam halen. Nee, die mannen leefden als God in Frankrijk mijnheer! Stel u voor: je staat lekker op je ladder te kwasten en door het raam krijg je je glas aangereikt door de vrouw des huizes! Ik heb er, helaas, alleen nog het staartje van meegemaakt.

Ik ben nu zo vertrouwd met monsieur Anglade dat ik zijn fles pak en zijn lege glas vul en ook mijzelf nog eens bijschenk.

– En kwam er dan nog een soort van inspecteur achteraan, van de fabrikant, om te zien hoe zijn reclame er bij stond? wil ik weten.

– In het begin niet, zegt Anglade. Ja, zijn vader had zich nooit aan die praktijken bezondigd, maar er zaten reclamebureaus en schildersbedrijven tussen die de zaak verschrikkelijk konden flessen. Die zeiden ijskoud dat ze zestig pignons hadden gedaan, daar en daar en daar en dan waren het er misschien maar vijftig geweest, maar Frankrijk is zo verschrikkelijk groot dat zo'n fabrikant gewoon geen tijd en geen mensen had om die hele lijst van dorpjes nog eens na te lopen. Daar kwamen ze pas veel later achter, bij toeval, en toen moesten de pignonistes van iedere Mur Peint een foto nemen, waar ze zelf op stonden, met al hun gebruikte materiaal. En die opsturen naar het hoofdkantoor, als bewijs. Maar, zoals ik al zei, toch bleven het gouden jaren. Toen was je nog iemand, als muurschilder!

Nu niet meer, begrijp ik. Met de bodem van zijn glas aquarelleert Anglade een kringetje rode wijn tot de vijf Olympische ringen.

– Nu niet meer, zucht hij.

– Worden er überhaupt nog muurreclames geschilderd? vraag ik.

– Onee, in het geheel niet. Dat zijn tegenwoordig allemaal grote affiches en posters, gescreendrukt en geplastificeerd. Is natuurlijk honderdmaal goedkoper. Maar vindt u ze mooi?

– Brrrr, zeg ik in het Frans.

– En het tragische is nou juist dat er op het laatst steeds meer protesten kwamen tegen de originele Muurschilderingen, vanwege het Aspect Rural en dat ze de Pignons de Lepra van de Wegen gingen noemen en dat ze werden witgeschilderd, door actiegroepen. Nou, moet u kijken wat we ervoor hebben teruggekregen!

– Dus u maakt ze niet meer?

– Nee, sinds 1955 al niet meer. En de vraag naar losse, geschilderde reclameborden werd ook steeds minder. Ik doe nog wel eens een enkel paneeltje voor een restaurant, maar de laatste muur die ik heb beschilderd was mijn eigen muur. Heeft u hem daarstraks gezien?

– Jawel, zeg ik. Ik wou er zometeen nog een foto van maken, als u het goedvindt.

– Als ik er maar niet bij hoef, zegt Jacques Anglade en hij staat op om, ondanks mijn protesten, een tweede fles wijn te pakken. Ik was vergeten hoe klein hij was, maar nu ik hem zo zie lopen begrijp ik waarom hij niet wil poseren.

– Wat doet u dan, als ik vragen mag? roep ik hem na.

– Marmer, zucht de schilder en hij ontkurkt de fles tussen zijn beentjes.

– Marmer?

– Zerken. Ik hak hoofdzakelijk namen en motieven in grafstenen. En hij schenkt mij nog eens in.

– Vive la France! proost ik.

– Vive la Vie, zegt Anglade.

# WANDELWALG

Mijn ouders hebben hem gelopen: ieder ten minste zeven keer. Kan ook negen keer geweest zijn, maar heb geen zin om dat uit te zoeken, want verdring hem, die Vierdaagse. Niets wil ik ervan weten! Ook geen beelden, wil ik ervan zien. Als het Journaal ze aankondigt, vlucht ik naar een ander net en in een met opzet onachtzame vogelvlucht scheer ik zonder ze nader te bekijken over de foto's in de krant, die immers ieder jaar hetzelfde zijn: Peloton Israëlische soldaten neemt gul twee blonde Hollandse meisjes in zijn midden op; Drie dapper glimlachende blaarkoppen steken twee vrijwilligers hun voeten toe om zich te laten doorprikken en Oudste Deelnemer bezwijkt bij binnenlopen Nijmegen bijkans onder bloemenhulde. En niets zo fnuikend voor de pracht van een vrouwenbeen als de stevige wandelschoen.

O voor nog geen duizend gulden startgeld per dag zou ik aan De Vierdaagse willen deelnemen, afgezien van de vraag of ik hem zou kunnen uitlopen. Ongetwijfeld kan ik dat, denk ik minachtend: de ontberingen lijken mij niet te vergelijken met het afzien waar de deelnemers aan de Elfstedentocht, de Marathon en de Bia-, Tria- en Megathlon voor tekenen.

Mijn bezwaar tegen het georganiseerde wandelen is dus in de eerste plaats van heroïsch-sportieve aard. Zo'n mars heeft niets te maken met sport zoals ik die, in de rol van toeschouwer of beoefenaar, wil ondergaan: adembenemend, uitputtend en grensverleggend. Atleten die gebukt gaan onder een met zes nullen geschreven zuurstofschuld. Huiveringwekkend en lachwekkend van nutteloosheid. Als sport maar nooit gezellig wordt! Naar het theater ga ik toch ook niet voor de gezelligheid? Maar mijn weerzin heeft nog een diepere grond.

Mijn ouders waren wandelaars. Mijn moeder liep als een kievit en mijn vader, struikelend en zwikkend, als een pinguïn, maar zijn liefde overwon, zodat zij na tien jaar huwelijk konden bogen op een lade vol medailles. Het was de middelste lade, van het dressoir op hun slaapkamer. Daar lagen niet alleen alle Vierdaagse-trofeeën, maar ook tientallen andere wandelonderscheidingen, uitgevoerd in koper, in brons en in blik en bevestigd aan halslinten, aan draagspelden of aan in drie kleuren uitgevoerde linnenweefseltjes ter grootte van Oostenrijkse postzegels.

De Duinen- en De Plassenmars, De Eiber- en de Piet van der Brul-loop: ik zie al die medailles nog voor me, hoewel ik er niet eentje meer bezit. En mijn moeder evenmin.

Van alle wonderen waar wij in Nederland na de oorlog mee kennis maakten, was kauwgom wel het meest begerenswaardige. Maar te koop was het nog nergens, in 1950.

Het werd in kleine postpakketjes Nederland binnengesmokkeld door Amerikaanse Ooms en op school verhandeld door hun neefjes – op een andere manier viel er nog niet aan te komen. Ik was meteen verslaafd. Niet alleen smaakmatig en lichamelijk, maar bovenal geestelijk, omdat ik mijn identiteit eraan ontleende. Voor de komst van de kauwgom wist ik mij absoluut geen houding te geven, maar toen ik het eerste reepje rillend van opwinding in mijn mond stak, nam de nonchalance bezit van me, verdwenen mijn handen als vanzelf in hun broekzakken en voelde ik mij op slag drie jaar ouder.

Ik droomde van niets anders meer. 's Nachts plakte ik de bij elkaar gekauwde bonk op de stang aan het hoofdeinde van mijn spiraalbed en na het wakker worden smoorde ik mijn eerste gapen door hem terug in mijn bakkes te steken en met malen te beginnen.

Hij groeide gestadig; van knikker, via pingpong- tot tennisbal.

Hoe kon dat? Ik kreeg toch nog geen zakgeld? Hoe kwam ik dan aan al die kauwgom?

Door alle medailles van mijn ouders te verpatsen, geachte wandelvrienden! Door 's ochtends na het ontbijt stiekem de dressoirlade open te trekken, in het geniep drie of vier onderscheidingen bij mij te steken en deze in de kleine pauze te verruilen tegen kauwgom! (Wrigley, Everest, Maple Leaf en DoubleMint.)

De dressoirlade herschikte ik sidderend tot een quasi ongeschonden tableau; ongeveer zoals men de bovenste laag opnieuw schuffelt om de gastvrouw, die even koffie was gaan zetten, niet te laten merken dat u aan de doos bonbons hebt gezeten, die u nota bene zelf had meegebracht!

De volgende morgen na het ontbijt frommelde ik er weer drie in de zakken van mijn drollenvanger. En ik werd brutaler. Na een week begon ik openlijk reclame voor mijn handeltje te maken door ze op te spelden. Als de sandwichman voor mijn eigen bedrog wandelde ik over het schoolplein.

En zo, de door mijn moeder bij het licht van de eerste gloeilamp gebreide wintertrui bespeld met gestolen medailles, werd ik op een donderdagmiddag wegens onophoudelijk hinderlijk kauwen ons klamme angstlokaal uitgestuurd en moest ik mij melden bij de bovenmeester Meester Vos, die de vijfde klas had, waarin een meisje zat dat Hetty heette, op wie ik hopeloos verliefd was. Al bij binnenkomst zag ik haar zitten, in de eerste, middelste bank van de drie rijen en Meester Vos zette mij voor het bord en prikte met een vinger als een pistool op mijn borst en hij zei: 'Zozo! Dus jij hebt al viermaal de Vierdaagse gelopen! Weet jij wel dat dat hele flinke mensen zijn, de mensen die de Vierdaagse lopen? Dat die nooit gummi kauwen?'

'Ja meester', hapte ik naar adem. Vier zal ze niet geloven, dacht ik, maar misschien denkt ze dat ik hem een keer heb gelopen; één keertje maar, dan maar, alsjeblieft, Hetty?

# DE IMPONEUR

U bent hier net aangekomen en u staat verdwaasd voor een rare etalage. Naast u duikt een man op. Ook een Hollander. Hij kijkt u niet aan, maar vraagt: 'En, bevalt het hier een beetje?'

Nu herkent u hem. Het is de Imponeur. Toen u vorig jaar in Knossos de springende dolfijnen stond te bewonderen, stelde dezelfde man zich op tussen uw gezin en de fresco's en vroeg hij: 'En? Kunt u het hier een beetje uithouden?'

Er klinkt geen hartelijkheid of belangstelling in zijn vraag; hij stelt haar op een temende toon vol leedvermaak.

Er is een formule voor de arrogantie waarmee Hollanders elkaar bejegenen, op buitenlandse vakanties.

Zij luidt: A = P x DV. Hierbij staat A voor Arrogantie, P voor Plek op Aarde, en DV voor Duur van het Verblijf. Anders geformuleerd: hoe verder wij van huis zijn en hoe langer we daar al verblijven, des te verwatener is de verwaandheid waarmee wij onze zojuist ter plekke gearriveerde landgenoten aanspreken.

Zijn blik vol kak gericht op de gemakkelijk te herkennen prooi die de witte nieuwkomer vormt, zit de Imponeur de hele dag te loeren op zijn vaste terrasje. Of hij paradeert zonder onderbreking de hoofdstraat op en neer.

'Heeft u het een beetje naar uw zin hier?'

Er klinkt dreiging in die vraag. De aangesprokene krijgt het gevoel dat hij hier op proef te gast is en dat de imponeur hem van het eiland kan laten zetten. Ontevreden gezichten? Die moeten wij hier niet!

De imponeur is vijfenveertig jaar en richt zich uitsluitend op mensen van om en nabij zijn eigen leeftijd. Tegen jongeren durft hij niet en aan bejaarden valt geen eer te behalen.

'En? Vermaken wij ons hier een beetje?'

'Tot u dit vroeg uitstekend', kunt u het beste antwoorden.

Daar heeft de imponeur niet van terug.

'Mooi zo', zegt hij argwanend en dan loopt hij snel verder. Vanmiddag maar weer eens een beetje rondhangen in het supermartje. Wachten tot zo'n zenuwachtig nieuw Hollands echtpaar gespannen een mango streelt of een ananas betast. Dan schuift hij, zelf zogenaamd naar iets anders op zoek, snel in beeld en zegt meewarig: 'U moet hier ergens anders zijn hoor, voor goeie ananassen.'

# IK BESTA EROP

Ik had wel door de grond willen zakken, maar omdat het gebeurde in Londen, zou ik dan terecht zijn gekomen in de Underground en overreden door de Metro, wat een te zware straf was geweest – hoe erg het ook was wat ik deed, daar in Queen's Theatre, op donderdagavond 6 augustus 1981, om zeven minuten voor half negen.

Of niet soms? Ach, hij was het waarschijnlijk tijdens diezelfde voorstelling alweer vergeten. Had in the Interval denkelijk niet eens over mij gesproken met Prunella Scales, James Grout en de overige vier acteurs.

Ik alleen zat er mee en verder natuurlijk niemand.

Toch wil het incident niet uit mijn hoofd. Ieder mens draagt, tot zijn dood, de herinnering aan een handvol onvergetelijke, onvergeeflijke stommiteiten met zich mee en de faux pas die ik acht jaar geleden in Engeland zette is mij sedertdien zo zwaar op de maag blijven liggen dat, nu *Quartermaine's Terms* op de televisie komt, ik deze fijnzinnige komedie van Simon Gray niet anders dan met een van schaamte gonzend hoofd zal kunnen bekijken.

Achteraf bekeken ging die hele dag al zwanger van allerhande voortekenen, die ik had moeten interpreteren als evenzovele waarschuwingen om mij niet het hoofd op hol te laten brengen en me toch vooral gedeisd te houden, in de bedwelmende wereldstad die Londen toen nog was.

Ik was dus in Londen. Nee: ik zat er. Ik zat er voor zaken. Ik zat voor zaken in London.

Dat maakte ik mijzelf tenminste wijs, hoewel die zaken (de verschijning, bij Faber and Faber, van een op onze *Bescheurkalender* geënte Rip Off Calendar, getiteld *The Not the 1982 Calendar*) al lang en breed en tot in de puntjes waren geregeld door onze Nederlandse uitgever Jaco Groot. Ik was uitgenodigd om aanwezig te zijn bij de presentatie, maar in feite had ik daar dus niets te zoeken.

Dat zou je niet zeggen als je mij zo bezeten in gesprek zag met Pamela Stephenson, John Lloyd, Pamela Stephenson, Rowan Atkinson en Pamela Stephenson, tegenover wie ik oppijpte over mijn komische rol binnen Nederland en mijn feeling voor de Engelse humor.

Het was half twee 's middags en ik slurpte gin and tonic. Toen de receptie tegen vieren voor gesloten werd verklaard, heb ik zelfs nog schielijk een glas voor on the road volgeschonken en ben hiermee open en bloot naar buiten gewandeld, waar ik er een taxi mee aanhield, die mij naar het theatre-district moest rijden, omdat ik ontzettend naar kunst hongerde.

'To Charing Cross Road!' had ik de chauffeur te verstaan gegeven. Stapvoets kroop mijn taxi door Central London. Innig tevreden met mijzelf zat ik achterin te nippen en medelijdend bekeek ik de gewone man in the street, die wel nooit deel zou hebben aan de grote wereld waar ik nu definitief toe behoorde.

Op Piccadilly zag ik hem plotseling staan. Links van mij, op het trottoir; het verkeer schattend, klaar om over te steken.

Hij keek de verkeerde kant op, zodat ik hem in zijn nek zag, waardoor ik hem ogenblikkelijk herkende: Jack Lemmon heeft de sprekendste nek van alle nog levende filmacteurs. Hij droeg een bruin, geruit tweedjasje en een veel te korte, camelkleurige broek. Toen draaide hij zijn hoofd terug. Lichtpaars was het. Hij torste drie enorme papieren kledingzakken van Acquascutum. Aan zijn rechterarm hing een uitgeputte, onmiskenbaar Amerikaanse vrouw van boven de veertig met een vlinderzonnebril op haar platinablonde hoofd. Veel te jong rokje en verdraaide naadkousen. Wij kwamen tot stilstand en vlak voor de neus van mijn taxi staken zij strompelend over. Bekaf van het winkelen terug naar het hotel natuurlijk. Kijk maar, daar: The Ritz.

Wacht, dat was waar: ik wist zo gauw niet meer in welk stuk, maar hij speelde momenteel in Londen. Wat een toeval dat Jack Lemmon net in London stond nu ik in London zat!

Snel en zonder morsen bilde ik mij naar de rechterkant van de achterbank en tikte driemaal driftig met mijn glas tegen de ruit. Zij keken allebei om en ik toastte Jack toe.

'Toi-toi-toi Jack!' miemde ik hardop en verdomd: hij schoot in die ontwapenend schuchtere glimlach van hem en hij knikte terug! Die vrouw vertrok geen spier maar dat was mij worst; het ging hier om de eer die twee acteurs elkander huptwee zo even fijntjes tussen neus en lippen betoonden en daar stond zij buiten, ook al was zij honderd maal Lemmon's eega of maîtresse. Toen reden wij weer verder en tevreden achteroverleunend in het leer dronk ik mijn glas leeg. Ik had absoluut niet in de gaten in welk een benevelende greep de hoogmoed mij inmiddels hield gevangen.

'Stop here!' beval ik mijn chauffeur op Leicester Square, waar ik mij ergens om de hoek en dan nog een hoek om en dan een klein stukje terug een toffe pub herinnerde, maar die was nog niet open dus bleef ik in de buurt nog wat rondlopen tot ik, voor het Savoy Theatre, ineens niet verder kon omdat daar twee hagen van overwegend oudere mensen stonden opgesteld. Ze waren één persoon dik die hagen, dus kon ik er makkelijk tussen gaan staan.

'What is it that is the matter here?' vroeg ik aan mijn buurman, maar die zei Shhht! want nu meerde er een Rolls Royce aan de trottoirband. De portieren zwierden open en twee potige maar keurige heren hielpen een breekbaar, in het lang lichtblauw gekleed vrouwtje bij het uitstappen. Ik kende dat vrouwtje. Was het Margaret Rutherford? Die was toch al dood? Daar kwam ze langs onze haag getrippeld, vriendelijk knikkend naar links en naar rechts, alsof zij zojuist was geland en de erewacht inspecteerde. Sommige toeschouwsters negen eventjes licht door hun knieën en toen zij mij tot op een meter was genaderd bliksemde het door mij heen: De Koningin-Moeder! De oude Queen Elisabeth was het, die nu haar pasje voor mij inhield en geamuseerd het lege glas bekeek dat ik nog in mijn hand had.

'Rather a warm day, isn't it?' vroeg ze mij met een omaglimlach en nog voor ik 'it certainly is, Your Majesty' kon antwoorden, was zij alweer doorgeschuifeld, het Savoy Theatre binnen.

Een Charity Performance, waarschijnlijk.

Ik beantwoordde de jaloerse blikken van de mij belendende Londenaren met een mysterieuze glimlach, schreed dwars door de eerbiedig wijkende haag aan de overzijde en wist mij nietbegrijpend nagestaard door minstens zestig opgewonden mompelende onderdanen. Twee foto's werden er in allerijl van mij genomen, maar ik hield er mijn pas niet voor in.

Bij een videotheek op Shaftesbury Avenue kocht ik twee cassettes met elk drie afleveringen van Fawlty Towers. In de plastic draagtas kon ik mijn glas kwijt.

Het was druk in de Pub, zo druk dat ik mijn zak pas miste toen ik mij, opgewekt aangeschoten maar nog vast ter been, vervoegde aan de kassa van het Queen's Theatre. Vragen of ze misschien een teruggebracht kaartje hadden voor *Quartermaine's Terms* van Simon Gray, met Edward Fox in de hoofdrol en onder regie van Harold Pinter!

Ik looppaste mij het maagzuur, terug naar de uitgedunde kroeg en daar had je nu weer zoiets keurigs typisch heerlijks Engels: mijn plastic tas lag, achter de toog, veilig op mij te wachten. Intens dankbaar stak ik de reddende engel van een barjuffrouw een biljet van vijf pound toe, maar zij wilde niets van een beloning weten.

'But I Exist on it!' drong ik aan. Tevergeefs.

Pas in het theater, waar warempel nog vier plaatsen op de eerste rij vrij waren – ik nam de buitenste, om zo nodig snel the Gents te kunnen opzoeken – realiseerde ik mij dat ik niet 'I Exist' maar 'I Insist' had moeten zeggen.

Simon Gray, de schrijver van *Butley*, *Otherwise Engaged*, *The Common Pursuit* en nog zo wat moderne klassieken, heeft *Quartermaine's Terms* nadrukkelijk 'a comedy' genoemd en ik zie vanaf de eerste minuut waarom. Het tragikomische docentenleven op 'The Cull-Loomis School of English for foreigners', zoals dit zich in Cambridge aan het begin van de jaren zestig afspeelt, werkt onweerstaanbaar op mijn toch zo getrainde lachspieren. Niet alleen door de tekst, maar vooral dank zij de rolbezetting. Is Prunella Scales (Sybil uit Fawlty Towers) op dit moment niet de allerleukste actrice van Engeland? Onder mijn stoel ligt ze zesvoudig in mijn plastic tas en dat dribbelt daar op twee meter afstand!

En Edward Fox! Wat is het geheim van Edward Fox? Hij behoort tot die raadselachtige kaste van acteurs in wie je een permanent, verschrikkelijk verdriet vermoedt en het is dit ongetwijfeld gruwelijke geheim (John Hurt draagt het ook ergens diep in zich mee) dat hem zo volslagen van God en iedereen verlaten en tegelijkertijd onkwetsbaar doet zijn. Hij kan twee kanten op met die absolute eenzaamheid: hij vertaalt haar in een levensgevaarlijk, sinister cynisme (als The Jackal in de film *The Day of The Jackal*) of, zoals ik hier meemaak, in een menslievende, allerhartelijkste goedmoedigheid.

St John Quartermaine is de praat- en pispaal van de vijf andere docenten die, de een nog lachwekkender dan de ander, worstelen met hun relatieproblemen en de manier waarop Fox, wanneer hij enkel maar wordt aangesproken, met een steeds iets verlate glimlach opschrikt uit zijn lijdelijkheid, om dan onmiddellijk te informeren naar het welzijn van de verwanten van degene die het woord tot hem richt, is zo onwaarschijnlijk goed en zoet dat ik mij in het eerste kwartier al vijfmaal moet verbijten om niet in lachen uit te barsten. Komt dit omdat ik een klein beetje dronken ben? Waarom lacht de rest van de volle zaal niet of nauwelijks? Ik heb toch zeker geen poep in mijn ogen?

Hoor, daar komt Quartermaine weer, met zijn door die schitterend schuin afgebroken voortand veroorzaakte en nog wat extra aangezette slappe slis van de volslagen slome duikelaar: 'Oh, jolly good! And how is little Sam?'

En wanneer er drie docenten binnentreden die ieder hun antifietsketting-broekveren nog om de pijpen hebben zitten en Quartermaine hen hier zo wellevend mogelijk op wil wijzen, wordt het mij te machtig. In mijn eentje durf ik geen open doekje aan, dus om Edward Fox te laten weten hoe ik tot in mijn vezels van hem zit te genieten en wat voor een onvergetelijke dag dit was en dat ik zelf ook enigszins een humoristische acteur ben dus dat ik er best een beetje kijk op heb, lach ik hem een kort maar krachtig, persoonlijk applausje toe, zo: hahaHA!

En dan gebeurt het verschrikkelijke. Dat ene onuitwisbare. Edward Fox vervolgt zijn tekst, maakt midden in de zin een pauze en lacht dan hardop, tot in alle hoeken van het Queen's Theatre: hahaHA!

Ik ben op slag nuchter. O mijn God: hij bauwt mij na! Exact mijn stem hoorde ik daar. En hij kijkt mij aan, twee, drie, tien seconden lang. Het is de blik van The Jackal. Ik bid om genade. Dan kijkt Fox van mij weg en glijdt terug in St John Quartermaine.

Uren en uren later is het eindelijk pauze en kan ik eruit. Buiten regent het. Ik ben de naam van mijn hotel vergeten. En, andermaal, mijn plastic draagtas. Handenwringend zwerf ik door Londen. But I exist on it.

# WEET WAT U WIST

Wij dachten dat wij ons nooit meer zouden vervelen, thuis, toen wij die videorecorder kochten. Als er weer eens een avond niks op de televisie was, stelden wij gewoon ons eigen programma samen. Dan konden wij hopla een prachtfilm pakken uit onze huisvideotheek. Of een spannende voetbalwedstrijd. Zo'n schitterend Engels toneelstuk!

Die collectie hoogtepunten gingen wij zorgvuldig opbouwen, echt iets moois van maken. Met duidelijke, zonder fouten betikte etiketjes op de ruggen van de cassettes. Al die banden kregen een nummer en al die nummers gingen in een schrift.

Dat was een jaar geleden. Gisteren kwam ik, in de rommelkast, mijn Videoschrift tegen. Bij Cassette Nummer 1 stond *Casablanca*, bij Nummer 2 *Sunset Boulevard* en achter 3 was al geen filmtitel meer ingevuld. Toch wankelden er, op de schoorsteenmantel in de huiskamer, zeven stapels banden. Op de helft van hun ruggen stond niks; op de andere helft waren haastige runen gekrabbeld. Drie doosjes droegen dansende plaklettertjes, losgepulkt van de bijgesloten vouwkaart met zelfklevende archiveringstekens. De aangevreten kaartjes had ik terug in de cassettedozen geschoven. De letters en cijfers kleefden op en door elkaar, als vliegen aan een vliegenvanger.

Het was weer het oude liedje van ieder nieuw audiovisueel apparaat: de software werd ten slotte zo goedkoop, dat je cassettes begon in te slaan als pakken lucifers, tubes tandpasta of rollen toiletpapier – per drie, per zes of per twaalf stuks tegelijk, afhankelijk van de voordeligste aanbieding.

Hoeveel banden bezaten wij nu, in totaal?

Tien keer meer dan nodig. En wat stond erop?

Daar hadden wij geen flauw idee meer van.

Wij zouden ze waarschijnlijk allemaal kunnen wissen. Behalve dan de nummers 1 en 2 uit mijn videoschrift. Maar daar moesten wij ze eerst voor terugzien. Anders weet je niet wat je wist.

Daarom ben ik een week eerder teruggekomen van vakantie en hebben wij elke avond, druk drukkend op de fast forward-toets, drie à vier cassettes teruggekeken. Helemaal opgewonden en zenuwachtig en uitgelaten waren wij ervan, na afloop. Het programma was volslagen onvoorspelbaar geweest. Geen gids ter wereld had kunnen vermelden wat wij te zien hadden gekregen en geen kijker op aarde zag wat wij zagen. De videorecorder tilde ons als het ware uit de anonimiteit. Het riekte zelfs een beetje naar guerrilla. Zo intensief hadden wij in geen jaren meer televisie gekeken!

Wat er op de cassettes stond deed er niets toe: alles was adembenemend verfrissend. Vooral de banden van de keren dat de videorecorder slaafs een verkeerd geprogrammeerd net had opgenomen. De oude journaals bezorgden ons rillingen van superieur genot, omdat wij de afloop al kenden: waar ze zich toen toch druk om maakten! Bij dramatische verslagen van inmiddels ten einde gevochten oorlogen en nog altijd niet gelenigde noden, van opgeloste kapingen, vergeten milieurampen en intussen al herhaaldelijk verbeterde records, ervoeren wij vreemd vervlochten gevoelens van leedvermaak en medelijden. Een parade van gestorven gelijkhebbers, vergane eendagszangers, achterhaald geklede huichelaars, gebleken leugenaars en oud geworden of juist jong gebleven presentatoren trok aan onze puilende ogen voorbij. Wij smulden!

Linksboven in het beeld liep de kilometerteller van de tijd mee. Ik zag hem elke avond scherper, met mijn geestesoog. Na dertig cassettes wisten wij weer nauwkeurig hoe hard alles ging en exact hoe laat het was.

Te gekke week was dat geweest! Elke avond pakjesavond. Uitgeput maar gelukkig hingen wij in onze bank. Hand in hand, nota bene. Zo ouderwets; wij leken wel stoned.

– We stoppen ermee, zei mijn vrouw toen.

– Waarmee? vroeg ik.

– Met die belachelijke videotheek van jou. Ook geen nieuwe cassettes meer kopen. We hebben genoeg aan deze, voor de rest van ons leven.

– Vandaag is niet leuk voor later, filosofeerde ik; alleen gisteren is leuk voor nu.

– Wij gaan een maand alleen maar lezen, zei mijn vrouw; en onze boeken nou eindelijk eens alfabetisch in de kast zetten.

– En dan kijken we niet, maar we nemen elke avond op, proefde ik.

– En we zetten niks op de doosjes, zei mijn vrouw streng. Ook geen datum. En na elke maand houden we zo'n surpriseweek.

– Een reis door tijd en ruimte, zei ik zweverig: een VideOdyssee.

Maar mijn vrouw deed net of zij niets hoorde, want als zij iets aan mij haat zijn het wel mijn woordspelingen.

# EEN ALSKBARE TAAK

– Fijn dat u tussen uw drukke commissiewerkzaamheden door nog even tijd heeft kunnen vinden professor, want ik zit hier met een kolossale maar natuurlijk ook ontzettend gezellige stapel post vol met vragen van vaak oprecht opgewonden Nederlanders en Belgen, die in grote lijnen allemaal over hetzelfde gaan: de huidige taalverwarring. Dus talloze mensen die momenteel iets hebben van Zeg ik het zo wel goed, Hoe moet het eigenlijk, Dat ik tenminste niet voor gek sta...

– Nou die dag zit er natuurlijk ook nog wel aan te komen, ik bedoel dat niemand meer voor gek staat omdat al het geschreven en gesproken Nederlands als correct zal zijn, maar tot zover zie ik persoonlijk liever dat de men in de straat zich druk maakt om ons mooie Nederlands als om de voetbal!

– Ben ik helemaal met u eens, maar u zei daar iets waar ik graag maar meteen even bij aantik, omdat zich daar nogal wat vragen over handelen, namelijk het verwarrende gebruik van Als en Dan, tegenwoordig. U zei daar zelf: liever Als. Nu meen ik mij uit mijn schooltijd te herinneren dat het liever Dan was. Groter dan, langer dan, beter dan. Maar: even lekker Als...

– Het is, helaas, want het is een enorm karwei om dat recht te trekken, een tijd usance geweest om na een comparativus, de vergelijkende trap dus, het woordje Dan te gebruiken, maar heden ten dage is het zonder meer correct wanneer u groter Als zegt hoor. Daar zult u zich tot in de hoogste kringen geen buil meer aan vallen.

– Groter Als is dus niet fout?

– Kijk: Fout is er natuurlijk in principe niets, want dan er iets een levend geheel is, als is het de taal wel. En wat hebben wij nu zien gebeuren? Dat Als en Dan steeds vaker door elkaar werden gebruikt; elkaar zijn gaan overlappen, dan het ware.

– Dus ze mogen allebei?

– Als danmede dan zijn straks volmaakt gelijkwaardig. U leest dat nu toch al regelmatig, dat er staat: De Inflatie In Nederland Is Even Sterk Dan In Duitsland?

– Jawel, maar dat is toch lelijk? Even sterk dan?

– Ach, na een tijdje als als weet men niet beter meer. Ik zit hier vanzelfsprekend dan rijksgedelegeerde naar onze Belgische collega's toe. Ik zit hier dus met nadruk niet dan mijzelf. Als zou ik misschien, dan ik heel eerlijk was, ook zeggen: ik vind even duur dan minder mooi als even duur als, maar mijn persoonlijke mening doet niet ter zake. Het gaat erom dat wij komen tot een zo breed mogelijk taalbassin, waarin zoveel mensen dan maar haalbaar is niet kopje ondergaan dan zij als en dan verwisselen. Dus dan ik u zou vertellen welke zogenaamde taalfouten wij allemaal nog meer moeten zien te destigmatiseren, als zaten wij hier morgenochtend nog!

– Toch nog even over als en dan dan graag. In samengestelde woorden blijven die partikels toch onverwisselbaar, hoop ik, officieel? Het blijft toch EvenAls?

– Mag. Is zonder meer goed. Maar evendan is even correct. Alleen het Zuidnederlandse Alsdan, toen – dat blijft gelijk. Anders zou je Dandan krijgen, of Danals of Alsals. Nee, dat blijft Alsdan.

– Dus Jan heeft honger, evendan Piet?

– Prima.

– Parijs kent diverse bezienswaardigheden, zodan de Eiffeltoren?

– Is in orde. Eiffeltoren mag overigens ook met één F hoor. Dan beroemdheden meer als dertig jaar dood zijn, mag de naam naar goeddunken worden geschreven, wordt de regel, hopen wij.

– Maar als als nou strikt voorwaardelijk wordt gebruikt? Dus: als het morgen mooi weer is gaan wij ballen?

– Dan het morgen mooi weer is gaan wij ballen is absoluut niet fouter als andersom hoor, maak u geen zorgen. In deze overgangsfase kan men, dan men dan nog niet als als wil gebruiken, met een gerust hart indan schrijven.

– Indan als Indien?

– Indan het morgen mooi weer is, dus dan Woals ons gunstig gezind is, ga ik naar Japan. Is prima.

– Indan Anton Geesink naar Japan gaat?

– Heel goed. Indan de oud-judoka Anton Geesink, houder van de negende Als, naar Japan gaat. Echt, ik zie het probleem niet! Laten we danjeblieft toch wat democratischer denken zeg! Nee, zolang ons taalgebruik nog een discriminatoire factor vormt, zijn wij nog een heel eind verwijderd van de samenleving zodan die ieder zinnig mens voor ogen moet staan. Niet als?

– Daar zit wat in. Kunt u alvast een tipje van de sluier van volgende week oplichten? Wat u als gaat bespreken?

– Dan alles goed gaat de derde persoon meervoud. Dat het niet langer dan verkeerd wordt ervaren dan u zij en hun door elkaar gebruikt. Hun hebben honger dan het tegen de avond loopt is prima Nederlands, straks. Wij mikken op 1992.

– Dank u wel professor en graag tot als, dan maar. Of tot dan, alsmaar.

– Geen alsk!

# DE POEPDOOS VAN PANDORA

Mijn honden kennen hier in de buurt veel andere honden en die andere honden kennen op hun beurt ook weer andere honden en dat loopt allemaal los en dat zoekt elkaar op en dat poept dan vrolijk in elkanders tuinen.

Het meest in de mijne, maar dat vind ik redelijk, want ik heb immers twee honden.

Net als mensen, doen honden het liever in een particuliere tuin dan langs de openbare weg en omdat ze met dit weer de hele dag en een groot deel van de avond buiten spelen, plemp ik iedere morgen zo'n drolletje of dertig in een kartonnen doos, want ik ben nog altijd geen komposthoop begonnen en gewoon laten liggen is geen doen, geen stijl en geen gezicht.

Spiedend tussen het gras haal ik de exemplaren van mijn eigen honden er zo tussenuit, maar ik verzamel ook alle vreemde baksels, ongeacht de afzender.

Ik doe dat routineus, zonder tegenzin en met behulp van een plastieken roeispaan die vroeger bij een babybootje hoorde. Wij noemden die zelfverzonnen poepschepper ooit de Kakpeddel. De ietsjes holle vorm van het roeiblad voorkomt dat de zorgvuldig opgeschepte uitwerpselen er tussen gras en doos weer afrollen en wanneer ik het buigzame schepdeel haaks tegen een drol plaats en de steel van de kakpeddel naar beneden druk en vervolgens, licht naar mij toe gekanteld, weer omhoog laat komen, maakt het roeiblad een zwiepende beweging waardoor ik de bolus, met de kracht van een ijshockey-slapshot, onder de heg door tot in de tuin van de buren kan laten suizen; een kunstje dat ik vanzelfsprekend alleen maar uithaal met de drollen van onze buurhond. Die herken ik meteen aan de uitdagende uitroeptekenvorm waarin zij, altijd op dezelfde plek, gedraaid zijn. Mijn honden zijn al drie jaar gebrouilleerd met die hond, wat hij donders goed weet en dan vind ik het wel heel brutaal om, als wij even niet thuis zijn, in onze tuin een nummertje te komen zitten kakken. Dus die gaan terug.

Maar, zoals gezegd: alle andere drollen, ook incidentele kattebaksels, verdwijnen in een kartonnen doos, die ik tijdens het kakpeddelen door het gras achter mij aan sleep.

Wanneer deze doos voor driekwart vol is, dek ik haar af met een oude krant tegen de vliegen, de stank en de aanblik en zet ik haar achter het tuinhuisje klaar voor de vuilnisman.

Die komt iedere dinsdagmorgen, tegen tienen.

Daar staat de poepdoos dan, inmiddels bollend

in de heupen, samen met drie à vier vuilniszakken gezellig aan de stoeprand.

De man of de vrouw die in vroeger tijden, voor de officiële ophaaldienst uit, het klaargezette huisvuil doorzocht op nog bruikbare elementen, werd de Morgenster genoemd en hij of zij kwam te voet of op een transport- of bakfiets.

Tegenwoordig heten zij gewoon Werkloze of Gepensioneerde en komen zij langs in een tien jaar oude Toyota, die stationair blijft draaien tot de bestuurder is uitgesnuffeld, de afgedankte bulletjes van zijn gading in de kofferruimte heeft gekiepерd en schichtig weer instapt.

Als je toevallig voor het raam staat doe je of je hem niet ziet, uit gêne. Eèn man die blij is met jouw afval; je schaamt je voor je welvaart. Ook voel je soms de redeloze aanvechting naar buiten te stormen en Hola wat doet u daar! te roepen, want hoewel je er al afstand van hebt gedaan, is die rotzooi nog wel degelijk van jou.

Sinds april rommelt een schriele zestiger elke dinsdag een paar minuten in de resten van ons huishouden. Bij de schikking van ons uitschot houd ik langzamerhand rekening met zijn komst: boven op de vuilniszakken plaats ik onze afgedankte luxeartikelen in een al van afstand duidelijk zichtbare rangorde van aantrekkelijkheid. Het kapotte schemerlampje zet ik bij voorbeeld rechtop in de maar een heel klein beetje lekke pan zonder deksel en aan weerszijden daarvan leg ik de afgedankte voetbalschoenen met de zolen naar boven, zodat hij in een oogwenk de vijftien nog prima bruikbare noppen zal opmerken. Elke dinsdagmorgen sta ik daar in feite een beetje te etaleren, in mijn pyjama. En iedere week tilt hij als eerste de poepdoos in zijn achterbak, waarschijnlijk denkend dat hij een karton vol oude kranten scoort. Moet ik hem waarschuwen? Of er een briefje met Opgepast Poep! bovenop leggen? Hij zal onze poepdoos toch niet elke dinsdagmorgen tegen koffietijd zijn huis binnendragen en zijn arme bedlegerige vrouw van onderaan de trap triomfantelijk iets toeroepen in de geest van: We hebben geluk schat, weer zes kilo oud papier ter waarde van tweeënveertig cent!? Dan had hij zijn tragische vergissing toch al lang moeten ruiken?

Nee, ik ga er voor onze gemoedsrust maar van uit dat hij dinsdags linea recta naar de lompenhandel rijdt met mijn poepdoos en dat men hem er daar, eveneens zonder nadere controle, keurig de dagprijs oud papier voor betaalt.

Vorige week maandag hebben wij de oude etensbakken van onze honden vervangen door twee anderhalf maal zo grote exemplaren. Beide oude blikken heb ik dinsdagochtend zo aantrekkelijk mogelijk bij ons huisvuil opgesteld.

En toen Lucia, de oudste en intelligentste van de twee, mij aankeek en verbaasd vroeg waarom hij plotseling een dubbel zo grote portie Hondediner kreeg voorgezet, heb ik zijn rechter hangoor opgetild en gefluisterd: Jij bent een brave, rijke hond maar dit doen wij voor de arme mensen.

# DE THANS DES TIJDS

Toen mijn eerste vrouw en ik nog in Monaco woonden, vonden daar geregeld Concoursen d'Elegance plaats. Dit waren parades van allercharmantst uitgedoste Dames in gezelschap van onaangeklede Honden. Weliswaar herinner ik mij een meisje Fürstenberg met een aangelijnde poema die een smokingjasje droeg, doch gewoonlijk lieten de deelneemsters zich begeleiden door Man's best friend, waarbij de combinatie dusdanig van opzet was, dat Hond en Vrouw elkanders natuurlijke gratie onderstreepten en completeerden.

Ach, 's nachts zie ik ze nog dikwijls voor me: de hooggehakte Debutantes met hun langpotige Whippets, de Douairières en hun Deense Doggen, beiden in dezelfde bedaagde bruintint uitgevoerd, de elegant trippelende 'Geisha's' met hun Teckels, Pekineesjes of kunstmatig kleingehouden Chowchows en de nagenoeg topless langsdeinende Starlets met nerveuze reuen die, vlak voor hun opkomst, door ervaren stalknechten in een staat van opwinding werden gemasseerd opdat hun lila erectie maar fraai zou kleuren bij het roze of zalmgetinte ensemble van hun tijdelijke bazinnen!

'Een decadente schande', zou men thans dit etaleren van goede smaak en welvaart noemen, maar neemt u gerust van mij aan: Those were the days!

In de dagen die aan zo'n Grande Parade voorafgingen, zoemde de Corniche van de cabriolets, waarin de deelneemsters, met een kledingkoffer vol elegante toiletjes op de achterbank, langs de villa's van vrienden en bekenden reden om voor een etmaal de hond te lenen die haar op haar bevalligst zou doen uitkomen. Men wisselt immers frequenter van kleding dan van huisdier!

Wanneer het finale concours eenmaal daar was, gedroegen al deze opgetrommelde honden zich ten gevolge van hun tijdelijke uithuisplaatsing doorgaans zo nerveus, dat zij, wanneer men hen niet kort hield, hun 'madame' pardoes onder de Ferrari of de Morgan trokken, waarin de echtgenoot, een witlinnen pet joyeus op het van de beste wijnen rozige hoofd, ter verhoging van de elegantie stapvoets naast het koppel meereed. Op deze onfortuinlijke wijze heb ik mijn eerste vrouw verloren, die deelnam met een Sint-Bernhardshond en ook zelf best tegen een stootje kon, maar ja: ik reed toen nog Bentley.

Het komt wellicht door deze mondaine achtergrond, dat ik mij bij de keuze van mijn honden altijd sterk heb laten leiden door het visuele aspect; de beeldende factor van de viervoeter. Hoe hoog is de hond in verhouding tot mijn eigen lengte? Detoneren kleur en structuur van de vacht niet bij mijn favoriete overjas? Verschillen wij niet al te gek qua dikte van de nek?

Zo heb ik, toen ik in de jaren zestig bij voorkeur kameelharen jassen droeg, bijzonder veel plezier beleefd aan en opzien gebaard met mijn bijpassende, gestreept getekende Boxer. En toen het vijf jaar later plotseling al nappa en suède was wat de klok sloeg, kozen wij daar een plaatje van een Ierse Setter bij.

Een van de nadelen van honden is echter, dat zij maar zo kort representatief blijven. Ik schat het gemiddelde rendement op ten hoogste zes jaar, dus vergelijkbaar met de levensduur van een middenklasse autootje.

Zo verging het mijn derde vrouw en mij ook met Max, de in 1980 mede bij ons zwartlederen bankstel gekozen Labrador. De eerlijkheid gebiedt mij te vertellen dat ik mij de laatste paar jaar lichtelijk voor het dier begon te generen, want in jaren telde Max er nog maar negen, maar puur in voorkomen maakte hij een vele malen oudere indruk dan zijn baasje. Max had, bij wijze van spreken, mijn vader kunnen zijn! Wanneer ik met hem over straat moest, liep ik het liefst een paar meter voor hem uit.

Dat ging op het laatst vanzelf, want onze hond werd zo traag als een schildpad, van welk dier hij ook de geloken oogopslag begon te vertonen. Nu kun je een oude schildpad nog in de soep doen, maar waar laat men een afgeleefde hond?

Voeg daarbij het rare gegeven dat wij op de een of andere manier aan het dier gehecht waren geraakt en het zal u niet verbazen dat ik, op aanraden van een vrindje, met mijn hond naar de Dierfysiotherapeut ben gestapt.

Heerlijk, vond hij het! Kreunend van genot lag hij op de behandeltafel. En warempel: na een stuk of acht visites begon Max zijn tred weer de ouderwetse veerkracht te vertonen. Ik moest er werkelijk de pas in zetten om hem bij te houden! Restte het probleem van die ouwe kop. Die uitgezakte kinnebak, die wallen onder die bloeddoorlopen ogen, al dat grijs uitgeslagen baardhaar...

Ik had voortdurend de neiging om mij voor zijn voorkomen te verontschuldigen.

– Ach jeetje, is hij al zo oud?

– Ja, Max is niet een van de jongsten meer.

– Terwijl je vrouw er toch nog heel redelijk uitziet! Doe je haar vooral mijn groeten, Hortense?

Hortense is nu 70 en ziet er inderdaad al tien jaar

uit als 65, aangezien zij zich, ieder jaar voor wij drie weken naar Capri gaan, grondig laat samenvatten en gladstrijken door onze plastisch chirurg. Niets bijzonders en daar hoeven wij niet geheimzinnig over te doen. Enfin: toen ik haar de laatste keer, in gezelschap van Max, kwam ophalen, vroeg ik zo langs mijn neus weg of er operatief niets te doen viel aan de representatieve teloorgang van onze trouwe viervoeter. Het antwoord was verbijsterend van achteloosheid. O wel zeker. De huid van het dier liet zich heel wat gemakkelijker bewerken en ophalen dan die van Hortense. Wilde ik misschien meteen een afspraak maken?

Twee dagen later werd Max geholpen en het is jammer dat u hem niet kent, want u zou hem niet herkennen. Weg wallen! Mooie strakke kin. Achterpoten allebei tien centimeter langer gemaakt. Buik ingenomen. Een soort van toupetjes onder alle vier de kale oksels. Voor nog geen drieduizend gulden was hij weer als nieuw!

– Hebben jullie een andere hond? ben ik al een paar maal staande gehouden.

En ook psychisch heeft het hem goedgedaan. Eens per twee dagen bewerkt Hortense zijn grijze baardharen met waterproof mascara en dan huppelt Max naar de hall, om zich te bekijken in de spiegel. En maar kwispelen!

Zelfs de honden uit de buurt schenken hem weer hun aandacht. Tot diep in de nacht krioelt het van de loopse teven aan de deur, maar dat hebben wij er, als rechtgeaarde kynofielen, graag voor over!

Men moet wel een doorgewinterde en reddeloze cynicus zijn wanneer men bij alles wat wij nu weten blijft volhouden dat er niets is! Natuurlijk is er iets! Sed Quod? Toch doet dat er niet toe. Want of u het Quod nu Boeddha noemt, Chaos of God – zodra u van mening bent dat er 'iets' is, gelooft u ipso facto in een keten van buitenwereldlijke krachten, een onzichtbare (voorbe)schikking, een kosmische ordening waarvan wij de magische wetmatigheden nimmer zullen kunnen bevatten; zomin als de knapste computer er ooit in zal slagen de duizelingwekkend complexe loop van alle melkwegstelsels (na) te programmeren! Bent u dit met mij eens? Dan gaan wij nu een stapje verder.

*Een stapje verder*

Als er dus 'iets' is en wij, tot op zekere hoogte, onze afhankelijkheid van de natuurlijke gedaanten waarin dat iets zich manifesteert erkennen (de seizoenen, licht en donker, eb en vloed) dan is daarmee tegelijkertijd onze bereidheid verklaard om te geloven aan dat troostende houvast van alle tijden: de astrologie. U bent, lezer, vanzelfsprekend veel te rijk met ratio begiftigd dan dat u uw leven geheel naar de letter van de wekelijks in uw familieblad gepubliceerde horoscoop zult inrichten, maar vanuit uw eigen, sociale ervaring weet een ieder van u dat er toch wel 'iets' in zit (zou dat hetzelfde 'iets' soms zijn?): vaak zijn Leeuwen ijdel, Kreeften huiselijk en Maagden Pietjes Precies. Herkent u dit? Dan gaan wij nog een stapje verder.

*Nog een stapje verder*

Wanneer wij er innerlijk van overtuigd zijn dat ons karakter van levend, denkend wezen in een zekere mate wordt bepaald door het bij ons geboortemoment behorende gesternte, dan getuigt het van een beschamende hovaardigheid wanneer wij het bestaan van deze astronomisch gefixeerde geaardheid zouden willen ontkennen als aanwezig te zijn in wezens van een lagere intelligentie dan de onze (apen, paarden, honden en katten).

In het licht van wat ik nu maar het Grote Plan Quod zal noemen, verhoudt ons denkvermogen zich immers tot dat van een kat zoals een lamp van veertig Watt zich tot een kaars verhoudt en niet zoals wij in onze ijdele zelfoverschatting geneigd zijn te denken, als een laserkanon tot een glimwormpje!

Als u tot zover met mij mee heeft kunnen gaan, dan wilde ik nu een stapje terug zetten.

*Een stapje terug*

De Chinezen die in 2637 voor Christus hun Chinese Astrologie te boek stelden, gingen daarbij uit van de Maankalender, in tegenstelling tot ons westerse model, waarin de zon centraal staat. De Chinese Astrologie bestaat uit Twaalf Diertekens, omdat er, volgens de legende, twaalf dieren op kwamen dagen om afscheid te nemen, toen Boeddha de aarde verliet. Als dank vernoemde Boeddha een jaar naar ieder dier, in de volgorde van hun verschijnen: De Rat, De Os, De Tijger, Het Konijn, De Draak, De Slang, Het Paard, Het Schaap, De Aap, De Haan, De Hond en Het Zwijn. Het dier dat behoort bij het jaar waarin u bent geboren, oefent een diepgaande invloed op uw leven uit, volgens de Chinezen. Zij zeggen dan ook: 'dit is het dier dat in je hart verborgen zit'. Dit alles was u al bekend.

Maar wat u nog niet wist, is dat ik vorig jaar zomer een Abessijnse Deegrol uit 2217 B.C. heb ontdekt, waarop in feite en in plat-Sumerisch precies het omgekeerde werd gedaan: hier werden, in volkse maar poëtische bewoordingen, de gesternten waaronder belangrijke Abessijnse katten werden geboren benoemd met de toentertijd meest voorkomende beroepen (twaalf!) van de mensen die actief waren binnen het sociale leven van Amknima-Prrut; tot diep in het tweede millennium de levendige (en niet ongevaarlijke!) hoofdstad, gelukkig gelegen aan het Chabr-meer, zodat zo'n deegrol, die alle gegoede burgers bij zich droegen, bleef drijven wanneer hij per ongeluk in het water terechtkwam... (Vaak werden ze ook in het water geworpen, bij wijze van spel op de zondagmiddag: de hond mocht de deegrol dan apporteren.)

Dit zijn ze, in mijn gebrekkige vertaling. Nochtans hoop ik dat u er 'iets' van uw eigen poes in herkent!

Poezen geboren tussen:

17 december en 8 januari
*Havenmeester*

Urenturend poeswezen, zelf nooit vooruit
maar naderen wachtend; zetten plaagse
jongelingen haar een pet op – zij gedoogt dit.

8 januari-11 februari
*Boekhouder*

Haar roze kussentjes tellen de passen; passend
op haar tellen ligt zij lang en saai van rekenen –
en sluipt zij door de dagvertrekken, gaat dit om
of alles er nog staat.

11 februari–19 maart
*Atleet*
Elk meubelstuk kiest zij als hindernis, steeds zo snel als doenbaar laag van hier naar daar.
Hoe hoog is de wasvrouw?
Laat mij eens in haar springen!

19 maart–1 april
*Minister*
O de onzichtbare trapleer van waaraf zij op ons neerziet: acht zij ons soms haar geheim niet waard?

1 april–30 april
*Kastelein*
Alle bruiloftsgasten lacht zij toe, maar nooit bekopt zij hun satijnen waden: laat ze maar naar haar komen!
Nog na lange rijen aaien het spinnen niet moede.

30 april–9 mei
*Kluizenaar*
Hoe krijgt zij haar huis nog kleiner?
Heeft zij deze krat al gehad?
Zou zij in de blauwe amfoor passen?
Tot laat roepen haar de bedienden, met bungelende lampen.

9 mei–26 juni
*Badmeester*
Alles kan altijd schoner; likt haar sidderende tong eerst de randen van de kom, dan de vis pas.
Dan zichzelf weer, met haar poot haar kopje bonkend, of zij ergens maar niet op kan komen.

26 juni–18 juli
*Gids*
Alle bezoekers voorafgaand, hun zetels voorwetend.
Breekreden van menige karaf; steeds vlak voor onze voeten!

18 juli–10 augustus
*Edelman*
Jij oudgeboren, gapend Huisembleem, die ons jouw gast doet voelen!
Dus jij was het die al die weken speelde onder de nieuwe ligbank met de mooiste borstspeld van de oude dame!

10 augustus–15 september
*Schout*
Hoe laat wij ook thuiskeren van de Prrutse Rennen – zij ziet ons maar zij doet van niet.
's Nachts maakt zij haar ronde; speurend naar het onraad dat zij zelf is.

Druppels niet vrezend, komt zij kijken met hoevelen wij ons baden.

15 september-2 november
*Hoer*

Haar spinnen onderbreekt zij slechts bij het verschuiven van de bezetene; iedere schoot is de hare.

Daarom versmaadt zij de benenloze bedelaar, die, tegen ons poorthek leunend, in honger zijn mok naar de zon heft.

2 november-17 december
*Uitvinder*

Vanaf de schraag kijkt zij de houtbewerker op zijn vingers en haar ogen schichten het weefgetouw heen en weer.

Hoe leergierig loopt zij rond, alle nieuwe voorwerpen ontledend en zich meermalen om hetzelfde verbazend, met een kleine sprong, om zich maar niet te vervelen.

# DE SCHEPPING GODS

Twaalfenhalve gulden, vraagt de tweedehandsboekhandelaar voor deze oude en ongebruikte, zwart-witte ansichtkaart van een brede, kaarsrechte, verlaten Haagsche straat. Dit is nu toevallig mijn vroegere straat, maar precies zo levenloos en zonnig kende ik er minstens vier in onze buurt. De Heelsumstraat en de Driebergenstraat, de Maarsbergenstraat en de Renswoudelaan.

Ze waren allemaal te breed in verhouding tot de hoogte van hun huizen. Nooit meer dan drie woonlagen. Daardoor viel er hier veel meer licht naar binnen dan in Amsterdam.

In 's-Gravenhage moet toen een man hebben rondgetrokken met een schitterende camera die hij, niet door verkeer gehinderd, midden op de rijweg kon opstellen, om de jaren vijftig in te vriezen. Ik kende ze wel, deze haarscherpe kaarten, maar was ze vergeten.

Witte lettertjes, links onderin. 's-Gravenhage, naam van de straat. Zo'n saaie ansicht verzond je niet, in die jaren. Er was wel wat vrolijkers te koop. Komische kaarten met dikke dames en Groeten uit Scheveningen erop en twee gaten erin waardoor je je vingers kon bewegen, alsof het haar benen waren. Wie kocht er nou zo'n tamme foto van zijn eigen straat? Welnee, dat doen we nu pas. Zoals ik hier; tegen een bedrag waarvan ons hele gezin destijds warm uit eten had kunnen gaan. Bij levende muziek, in Heck's Lunchroom op het Spui.

Toen stuurde je zulke duffe prentbriefkaarten hooguit naar je buitenlandse penvriend, met een gelogen kruisje bij het raam waar zogenaamd jouw kamer was, want die lag niet op de begeerde begane grond maar op de tweede etage en niet aan de voor- maar aan de achterzijde van de linkerrij huizen.

Ik tel drie geparkeerde auto's over een trottoirlengte van honderd meter. Een Austin A 40, een Simca Aronde en een Citroën Traction Avant. Er loopt een man met een hond aan een riem en er rijdt een vrachtwagen. Een kiepwagen, met zand.

Ik dacht toen dat vrachtwagens buiten de wet vielen en nooit bekeuringen kregen. En dat het telefoonnummer wat er soms op de klep stond het bedrag aangaf waarvoor die wagens te koop waren.

En er stept een jongetje. Ik wil natuurlijk dat ik dat jongetje was en misschien zag ik er ook wel zo uit, maar dit is er eentje met luchtbanden en een bagagedragertje en zo'n autoped heb ik nooit bezeten.

En dit was ons licht! Zo romig schijnt het namelijk niet meer, lijkt mij. Hoe kun je dat bewijzen? Dat ligt moeilijk. Oude lucht is er gelukkig nog volop. Als ik het intussen afgebroken huis van mijn overleden grootouders wil ruiken, hoef ik mijn neus maar op te halen boven een lade van hun dressoir, dat bij mij in de keuken staat. Maar waar hangt nog het oude licht van dertig, veertig jaar geleden? Alleen op foto's. Die verkleurd zijn. Of de rolletjes van toen waren minder gevoelig, zegt de vakman. Dus dat er daarom in het echt nooit van dit vredige, nog niets verhullende licht kan hebben gehangen. En toch was dit het licht waarin wij speelden.

– Ik wil graag deze kaart, zeg ik tegen de antikwaar.

– Verder niks? vraagt hij zuinig.

– Nee, dat is alles, zeg ik beslist.

Ik betaal, hij doet hem ook nog in een zakje en dan ga ik op weg naar mijn moeder, die nog altijd woont op het adres dat wij betrokken toen wij eindelijk uit die vreselijke Vreeswijkstraat verhuisden. Ik zet de kaart op mijn dashboard en blijf mij eraan vergapen.

Alle stoelen uit alle kamers zijn gemobiliseerd en staan langs de wanden van onze woonkamer, want mijn vader of moeder is jarig. Uit mijn blote hoofd zie ik zitten: mijn Oma en Opa, Tante Bets, Tante Ria, Oom Leo en Tante Pitje, Beppie Solex, Ome Tinus, Tante Jetje, de allebei minstens zestig jaar oude zusters van mijn Oma – Tante Sjaan en Tante Dina –, Oom Jan Zoetermeer en Tante Mira, Tante Cockie en Oom Jan Loosduinen, mijn neven Henk, Gerard, Anton en Bert. Neef Bert stond op zichzelf, was in elk geval niet voortgesproten uit enige oom en tante maar ooit op een verjaardag aan de hand van een nichtje langsgewaaid en, nadat de verkering was verbroken, gewoon blijven komen; wij vormden kennelijk een voor die tijd ruimdenkende, niet godsdienstige familie.

Niemand was er fout geweest in de oorlog en op alle verjaardagen werd er gezongen en muziek gemaakt door Ome Tinus, Oom Jan Loosduinen en ikzelf op mondharmonika, mijn vader op banjo en een gemengd koor van bassende ooms en neven, hoog vibrerende tantes en niet helemaal van harte meeneuriënde nichtjes.

Die nichtjes! Ik begeerde ze allemaal even wanhopig en kon niet wachten tot ik er met eentje getrouwd zou zijn. Stel je voor: dan kon je immers de hele dag vrijen! Net als al mijn ooms en tantes, van wie ik dan ook niet begreep dat ze zo lang bleven zitten, terwijl ze lekker met elkaar in bed konden liggen kroelen.

Bij een stoplicht schieten mij een voor een de

bedwelmende droomgestalten te binnen van mijn nichten Carolien, Fien en Tootje, Magda, Ida en Marie.

En vier uur lang tinkelden de kopjes onafgebroken op de schoteltjes; iedereen kreeg bij binnenkomst koffie met een moorkop, daarna drie of vier keer thee en ten slotte, vlak voor het weggaan, nogmaals twee of drie keer koffie. Bij die laatste ronde kon geen enkel kopje meer op het bijpassende schoteltje bogen en dat was zo ongeveer het wildste wat er op zo'n verjaardag gebeurde, want afgezien van twee advocaatjes voor Tante Sjaan en Tante Dina en zes flesjes bier voor twee ooms en vier neven, werd er geen alcohol geschonken.

– Ach Leo, mag ik even jouw lepeltje lenen?

– Voor jou altijd Carolien, dat weet je best!

Verder ging de erotiek niet, bij mijn weten.

Laat ik negen geweest zijn. Dus ik mocht de verjaardag nog niet tot en met de laatste koffieronde meevieren.

Ik lig in mijn opklapbed, met oren op steeltjes en ik hoor de stem van Oom Jan Loosduinen. Nee, Zoetermeer. Dit is Oom Jan Zoetermeer. Verder praat er niemand, wat betekent dat er een mop wordt verteld. Als een sfinx heb ik mij half opgericht op mijn ellebogen en ik houd mijn hoofd scheef, mijn adem in en mijn mond open en daardoor versta ik de flarden 'blote kerel', 'boom gebonden', 'komt die bok' en 'begint te sabbelen'. Dan barst de visite in lachen uit. Ik herken het hoge kraaien van nicht Ida en de astmatische hiklach van Ome Tinus, maar ook het schateren van mijn moeder. Mijn vader haal ik er niet tussenuit. In mijn oren breekt een fluittoon los. Ik zet het op een krijsen en hou dit vol tot mijn moeder mijn kamertje binnenstruikelt.

– Maar knulletje knulletje! Wat is er nou toch aan het handje?

– Dat weet je best, schijnheil! Schijnheilen zijn jullie, schijnheilen!

– Wie zijn er schijnheilen?

– Jullie allemaal! En jij nog het meeste! Lachen om schuine moppen hè, lekker met zijn allen zitten lachen om schuine moppen!

– Ach welnee knulleman, dat is helemaal niet waar! Oom Jan vertelde gewoon een verhaaltje.

– Ja an me hoela een verhaaltje! Ga weg! Ik wil niks meer met jullie te maken hebben, ga weg, ga weg!

Over mijn toeren ben ik nu en niet meer te stoppen. Een grote warme tranenbrok verspert mijn keel. Ik krijg hem niet weggeslikt. Wil dat ook eigenlijk niet. Ik proef macht, voor het eerst. Macht en Gelijk.

– Maar wat heeft mamma dan verkeerd gedaan?

vraagt mijn moeder wanhopig. Zij plukt zenuwachtig aan mijn gele deken.

En dan bler ik, zonder te weten waar ik die woorden vandaan haal, het zinnetje zal wel ergens in mijn achterhoofd zijn blijven sudderen van die twee bezoeken aan de Zondagsschool, dan gil ik buiten zinnen: Jullie spotten met de Schepping Gods!

Ik zie tranen wellen in mijn moeders ogen, maar ik geef geen krimp, draai mij woest op mijn zij, met mijn hoofd naar de muur en krijs nog een keer: Ga weg! Ga maar gauw terug naar al die andere schijnheilen, dan kunnen jullie lekker door met spotten met de Schepping Gods!

– Het spijt me schattebout, zucht mijn moeder en zij staat op en verlaat mijn kamertje. Vlak voor ze zacht de deur dichtdoet plaats ik nog twee hartverscheurende uithalen.

Honderd tellen later komt mijn moeder opnieuw binnen, nu begeleid door tante Mira en nicht Marie. Ik heb besloten ritmisch te blijven snikken, met snotterende schokjes van mijn schouders.

Mijn moeder aait mijn haar van mijn voorhoofd en tante Mira begint op mij in te praten. Dat het gewoon een grotemensenmopje was, helemaal niks bijzonders en in elk geval zeker geen spotten met, hoe noemde ik dat ook alweer?

– Spotten met de Schepping Gods! schreeuw ik;

ga weg! Ik wil slapen!

– Goed Kees, zucht mijn moeder en voor de tweede keer laat ze mij alleen en weer haal ik heel hard en hoog en huilend uit voor zij met hun drieën mijn kamertje verlaten.

Even schurk ik mij nog in het verdriet dat ik haar heb aangedaan, maar al snel weet ik geen weg meer met mijn bokkige gekwetstheid en voel ik mij hopeloos eenzaam, als was ik zelf de allereerste Schepping Gods.

Ik zet dus voor de derde maal een keel op, maar het is nu eerder huilen om hulp dan gieren van verdriet. Al gauw gaat de deur weer open en schiet ik rechtop, met mijn armen in vergevensgezindheid uitgestrekt om mijn lieve moeder te omhelzen, maar zij is het niet, zie ik wanneer ik mijn bolgehuilde ogen open. Nee, God bewaar me: het is Tante Dina! Snel laat ik mij terugvallen en hou mij slapende, maar daar trapt deze oudste, plat Haags sprekende en strengste van al mijn tantes niet in. Zij beent tot naast mijn hoofdeinde, plaatst haar knokige handen op haar heupen en zegt: Is dat nou godverjume eens een keer afgelopen met dat gezeik? Vooruit, gaat slapen jij!

– Ja tante, fluister ik.

Zij buigt zich met haar snor over mij heen en stopt mijn deken aan beide kanten strak tussen het spiraal en de matras, zodat ik eventjes geen vin kan verroeren.

– Ziezo. Weltruste droppie.

– Welterusten Tante Dina. Wilt u vragen of mamma nog even komt?

– Je moeder heb het veels te druk met koffie zetten. Dus laat ik potverjume niet horen dat je zometeen weer zo leip begint te bleren. Gesnopen?

– Ja tante.

Weg was ze. En ik huilde mijzelf in slaap, maar nu onhoorbaar.

– Gut wat leuk, zegt mijn moeder, als ik haar de ansichtkaart laat zien; waar heb ik mijn leesbril?

Dan halen wij een half uur lang herinneringen op. Ik vraag of zij nog weet hoe die mop ging, maar mijn moeder weet niks van een blote man en een bok. Zegt ze.

– Als je nou weer eens in Den Haag bent en van mij vandaan komt en als je dan nog een half uurtje over hebt dan kan je misschien nog eens een keer bij haar langs gaan, suggereert zij voorzichtig; dat zou ze prachtig vinden.

– Wie?

– Nou, Tante Dina natuurlijk.

– Tante Dina? vraag ik verbaasd; die was toch al dood?

– Welnee, schrikt mijn moeder, geprikkeld omdat ik het zicht op onze familie heb verloren en zij mij altijd moet waarschuwen wanneer er iemand een kroonjaar viert; Tante Bets is dood en Tante Ida, maar Tante Dina mankeert nog niks.

– Hoe oud is die dan?

– Negenennegentig, zegt mijn moeder.

– Negenennegentig? vraag ik ongelovig.

– Ja. Is in november negenennegentig geworden. Maar je kunt gerust bij haar langs gaan, want ze ziet er absoluut niet eng uit.

– Woont ze nog steeds in de Oudemansstraat?

– Welnee, al jaren niet meer. Ze zit op een flatje, in de Heeswijkstraat, achter de Moerweg. Maar ze doet nog alles zelf.

– Denk je dat ze nu thuis is?

– Natuurlijk. Waar zou ze anders moeten zijn? Ze zit de hele dag voor het raam te lezen. Het is gelukkig een druk kruispunt met lekker veel aanrijdingen, zei ze laatst nog.

– Weet je wat ik doe? zeg ik met de plotse energie die dertig jaar onachtzaamheid moet goedmaken; ik ga nu nog wel even bij haar langs. Wat is het nummer?

Mijn moeder bijt nadenkend op haar onderlip.

– Drieëntwintig, zegt ze dan.

In een winkelgalerijtje op de Moerweg koop ik een witte cyclaam en twee moorkoppen, waarmee ik naar haar straatje rijd. Abnormaal weinig auto's staan hier; ik kan voor de deur parkeren. Wanneer heb ik mijn Tante Dina voor het laatst gezien? Dat moet in 1968 zijn geweest, bij mijn huwelijk.

Toch herken ik haar ogenblikkelijk en ik vraag mij af waaraan. Aan hoe haar haar zit, denk ik. Tantes van tegenwoordig kiezen elk kwartaal een ander kapsel, maar die van toen doen hun hele leven met een en dezelfde coupe, waartoe zij besloten toen ze achttien waren, leren de familiefoto's. Zij herkent mij niet, begrijp ik uit haar aarzelende manier van terugzwaaien. Misschien is zij wel bang. Denkt ze dat ik haar kom beroven. Ik til de cyclaam en het gebaksdoosje van de achterbank, sluit mijn auto af en steek, terwijl ik geruststellend blijf knikken en glimlachen, het trottoir over. De glazen toegangsdeur van het flatportaaltje is niet op slot en ik beklim een trap van veertien galmende, granieten treden. Voorzichtig bel ik aan bij nummer drieëntwintig. Door de deur van eenentwintig komt de lucht van hachee en de bewoners van nummer negentien eten Indisch, zo te ruiken. Dan doet mijn tante open.

– Jezus! Bill! roept ze en ze slaat een klein, verfrommeld handje voor haar mond. Heldere, donkerbruine ogen, wijd van verrassing.

– Nee, ik ben Kees tante, verbeter ik; ik ben het maar, Kees.

– Kees! herhaalt zij; godverjume wat vin ik dat

leuk! Ik dacht potverdomme even dat je je vader was! God kind wat ben jij op je vader gaan lijken! Kom binnen, kom binnen! Jezus, wat een mooie plant! Is die voor mij? Je lijk wel krankjorum! Ga lekker zitten, daar: voor het raam!

– Mooi woont u hier tante! roep ik volgens het boekje. Het is mei en er staan nog kerstkaarten op haar dressoir.

– Ik mag niet mopperen, sputtert zij en ze dribbelt mij voor naar het raamtafeltje met de twee makkelijke stoelen; ze moesten alleen wat minder kapses hebben. Ik heb geen deining met ze hoor, dat niet, maar gezellig is anders.

– Deining met wie, tante Dina?

– Die blauwe luitjes van nummer 19. Vroeger had ik daar een fijne buuf aan, maar die kreeg het aan d'r tikker en pats, asjewijne. Maar voor de rest, mensen? Etterbakken, dat zijn het. Nee, geef mij maar dieren. Maar ja; die neem je niet meer als je honderd moet worden. Want waar moeten die stumpers straks dan blijven?

Soepel en zonder kreuntje gaat zij zitten.

– U ziet er goed uit tante, zeg ik naar waarheid en ik zet de cyclaam op haar tafeltje. In haar vensterbank tel ik er in de gauwigheid al zeven. Porseleinen poesjes en hondjes staan er om en om tussen.

– Verrek, nou zie ik het! roept ze; dat was jij, die vent met die wagen! Dat is sodeju ook een knappe automobiel zeg! Jezus kind, wat is dat lang geleden! Ja, je moet zo zien ik zie jou natuurlijk wel steeds op de televisie, maar ik dacht zoëven toch heuselijk dat ik je vader zag staan. Fijne vent was dat, Bill. Hoe lang is die nou alweer dood?

– Tien jaar tante. Januari negenenzeventig. Maar met u gaat alles goed hè, hoorde ik van Annie?

– Ach welja! De mensen moeten niet zo ouwehoeren. Gewoon anpakken en niet leggen te zeiken. Maar weet je wat het is, met die moeders van tegenwoordig? Die willen allemaal een eigen autootje hebben en een wasmachine, dus gooien ze die schapen van kinderen zo huppekee in de kres, dat moeder maar lekker veel ken verdienen. Nou eer dat ik mijn kinderen uit huis had gedaan! Als ik met ze wandelde en dan kwam er zo een of ander zeikwijf zo van je weet wel met d'r vinger onder dat kinnetje van ach god wat een lekkere kleine, weet je wat ik dan zei?

– Nee?

– Dan zei ik: hou je poten thuis mens! Ja ze hoefden d'r bij mij maar naar te wijzen en dan wou ik ze al een knal voor d'r kanis verkopen! Maar daar komt het allemaal door hoor, al die ellende met die sjunks. Dat ze te weinig moederliefde krijgen. God kind, hebbie ook nog gebakkies bij je? Lekker!

– Mag u dat eten, een moorkop?

– Ja wat dach jij dan? Tuurlijk! Een mens moet gewoon alles eten en niet leggen te memmen! Jezus, een moorkop! En ik ben geeneens jarig! Wacht, laat ik eerst effe een lekker bakkie leut voor je zetten.

– Lekker, roep ik. Zal ik u helpen? En ik kom weer overeind.

– Ben je besodemieterd, is ze mij voor; ik mankeer nog niks aan m'n handen hoor! Zal ik jou eens laten zien wat ik nog kan?

– Doe nou maar voorzichtig Tante, bezweer ik, maar ze staat al en dan strekt ze haar sprieten van armpjes langs haar kalende, bij de slapen ingevallen hoofdje en schalks kijkt zij me aan en dan buigt ze in één keer gestrekt voorover en links en rechts naast haar geruite pantoffeltjes plaatst ze haar handen plat op de vloer.

– Goh, klap ik bewonderend drie keer in de mijne; wil u wel geloven dat ik dat niet eens meer zou kunnen?

– Dan moet je elke dag oefenen, waarschuwt tante Dina en ze komt gelukkig weer overeind; anders haal jij de honderd niet hoor!

– Negenennegentig, proef ik nog maar eens hardop; het is echt ongelofelijk, tante.

– Ik ken het zelf ook niet geloven, schudt ze en ze vergeet de koffie en gaat weer zitten; kind het gaat allemaal zo vlug! Een mens heb het zelf geeneens in de gaten! Zo ben je tien en fttt, zo ben je negenennegentig. Ik zat vanmiddag nog te prakkezeren hoe dat wij vroeger met ons moeder naar Scheveningen gingen. En dan mochten we kiezen, aan het begin van de Scheveningseweg: of we gingen lopen en dan kregen we op het strand een ijsco, of we mochten mee met de paardetram en dan kregen we verders niks die dag. Dus ging je net zo makkelijk zeven kilometer lopen en dan was je afgepeigerd hoor, want mijn vader, ja Jezus, die goeie man zat het meeste van de tijd zonder werk. En een uitkering had mijn moeder natuurlijk nog niet. Later kregen we wel wat van de bedeling, maar dat was tweeguldenenzesentwintig cent in de week en dan kwamen die klerelijers ook nog bij je thuis om te kijken of je daar geen vlees van at. Daarom zeg ik: de mensen moeten niet zo zeiken, met d'r warme water en d'r elektra en d'r centrale verwarming! Potverjume: vergeet ik helegaar je koffie!

En ze wil weer opstaan.

– Blijf nou lekker zitten, zeg ik en ik vouw het gebaksdoosje open; ik heb vandaag toch al veel te veel koffie gedronken. Hier, op uw gezondheid! Ik scheur de deksel los, til mijn moorkop erop en schuif haar de doos met de andere toe.

– Maar kind, ik heb prachtige taartstellen staan in de keuken. Kasten vol!

– Ben je gek, wimpel ik af; een moorkop eet je

als een haring. Gewoon uit het handje.

– Nee, ik mag goddank nog alles hebben, zegt ze even later als we door secuur happen trachten te voorkomen dat de kwakken slagroom ons ontvallen; maar ik zal hier op het eind toch wel een keer mijn snor moeten drukken natuurlijk, met die trap van de winter.

– Maar zover is het toch nog niet, tante Dina?

– Nee, maar je moet er als de sodemieter bij zijn, anders kommie op de koffie en dan hebben ze geen plaats meer. Dus ik ben vrijdag, nee jokkenie, donderdag ben ik met Leo wezen kijken naar een bejaardenhuis want Leo zeg ook: moeder je moet je laten inschrijven zolang je ze nog alle vijf bij mekaar heb want anders douwen ze je in een verpleeghuis en daar zit je tussen allemaal kwijlende oudjes en dan wor je gewassen door van die brutale meiden met van die rattekoppen, nou, dan spring ik net zo lief van de Laakbrug. Een mooi huis was het, in Wassenaar, met mooie bomen. En weet je wat ik nog zag lopen, in het gras?

– Nee?

– Een konijn! Een levendig konijn! En die directeur, zo'n jong ventje was dat, met zo'n halve zonnebril dat je d'r ogen geeneens goed ken zien, die praat een beetje met me en die wil weten hoe ik me voel en die vraagt: en mevrouw, hoe is uw stemming over het algemeen? Dus ik zeg: de socialisten. Ik heb nooit anders gestemp dan op de socialisten.

Juist, zei die vrijer met zo'n kakstem en die schreef dat op.

Maar toen we terug naar hier reden zeg Leo: hoe ken je dat nou zeggen Ma? Op de socialisten, en dan uitgerekend in dat sjieke Wassenaar! De directeur bedoelde hoe je je voelde!

Ik zeg verrek: dat ken die toch zelf wel zien? En anders moettie maar een paar normale glazen in z'n bril laten zetten. Ja toch?

– Tuurlijk, zeg ik en lik mijn vingers af.

– Dus ik ben nou zo'n beetje an het bekijken wat ik weg ken doen, want ik krijg daar één klein peskamertje. Maar nou heb ik altijd foto's gespaard en uit de Haagsche Courant geknipt en ouwe ansichten, omdat ik wat te doen wou hebben toen Ome Koos was overleden en die heb ik dus veertig jaar lang in ik geloof wel tien albums geplakt en die gaat ik nou niet meer allemaal meesjouwen maar het zou ook zonde zijn om ze weg te kieperen, dus is dat niks voor jou?

– Graag! roep ik; daar doet u me echt een ontzettend plezier mee!

– In die kast, wijst tante Dina; links in de hoek, op de grond, naast me schoenen. Een hele doos vol.

Ik ga erheen, open de deur en mijn neusvleugels

vliegen veertig jaar terug in de tijd: precies dezelfde zoetfluwelen zaagselgeur hing er bij mijn oma en opa in de kast achter de haard, die uitgeruimd werd en waarin ze een klein matrasje op de vloer legden, als ik kwam logeren.

Het is een zware kartonnen margarinedoos. Ik til hem behoedzaam omhoog en verdwijn met mijn hoofd onder de rok van een gebloemde jurk. Tante Dina ziet me zo staan en kraait koket. Dan draag ik de kostbare doos tot bij haar tafeltje.

– Laat maar dicht, zegt ze sinterklazig; je moet ze thuis maar eens op je gemak bekijken. Misschien kennen jullie d'r met de camera een foto van nemen en dan af en toe d'r eentje op de televisie laten zien. Dat is vast leuk voor de ouwe mensen, want die hebben haast niks meer, op de televisie.

– Reken maar! zeg ik en ik denk: ik wil nu meteen naar huis, want ik zit goed vanavond. Wie weet wat voor unieke prentbriefkaarten ertussen zitten, met oude postzegels erop en ontroerende, handgeschreven vakantieboodschappen.

– Hè, ik ben blij dat ze nou in goeie handen zijn, zegt tante Dina en ze schokt behaaglijk met haar smalle schoudertjes. Wil je nou echt geen koppie koffie?

– Nee ik moet weer eens naar huis tante, zeg ik, bedroefd op mijn horloge kijkend. Zal ik haar nog vragen of zij zich dat van toen met die verjaardag soms herinnert, van die schuine mop? Nee, niet doen. Ik wil zo snel mogelijk beginnen met schatgraven.

– Het was in elk geval heerlijk dat ik je weer eens in het echt gezien heb, zucht Tante Dina; en je komp toch nog wel een keer weer langs als ik eenmaal in Wassenaar zit? Ik geef het adres wel an Annetje.

– Annetje?

– An je moeder.

– Doen we, beloof ik en voorzichtig zoen ik allebei haar gerimpelde wangen. Ze zwaait als ik de doos met haar albums achter in mijn auto zet en ik gebaar dat ze moet gaan zitten, maar als ik de hoek omsla staat ze daar nog steeds.

Anderhalf uur later sleep ik de doos in triomf naar mijn rovershol en sla, op mijn bureau, voorzichtig het eerste album open. Nog het authentieke papier met de spinneweb-motieven.

Ik zie een keurig uit een tijdschrift geknipte foto van een witte Angorakat die ligt te dutten in een theemuts, waarvoor een bont beschilderd eitje in een dopje is geplaatst.

'Zoo beleeft Poes ook een Vrolijk Paaschen', vermeldt het onderschrift. Ik sla om en zie een krantefoto van een chimpansee met een baby. Het bijschrift verklaart dan ook 'Chimpansee Judy is de lieveling van een oppasscher in de dierentuin van het Engelsche stadje Southam. Ze mag zelfs zijn dochter Tracy de fles geven!'

Ik blader door, langs een parade van eerste lammetjes, laatste zwaluwen, honden met hoedjes op en pijpen in hun bek, poezen met shawls om, met jumpertjes aan en met zonnebrillen op en reeksen kalveren, veulens en biggetjes. Een Chiwawahondje in een koffiekopje, twee paarden met een petje op, een muizenfamilie in een speelgoedhuisje. Uit.

Het tweede album opent met een zwemmende pony. 'Blacky, de pony van de heer Dotterjé uit Garderen, heeft er een gewoonte van gemaakt om wanneer het hem te warm wordt, uit eigener beweging een koele duik te nemen in het Uddelermeer.' Ooievaars op de volgende bladzijde, een marmottenfamilie op pagina drie.

'Wat een scheetjes!' staat er in handschrift onder geschreven. En dat gaat zo maar door. Alle aaibare dieren der schepping zijn vertegenwoordigd. Ook album nummer drie bevat niet de interessante ansichtkaarten waar ik zo op hoop. Album vier blijkt geheel gewijd aan ons Koningshuis. De albums vijf, zes en zeven wemelen weer van dieren in alle staten. Ik doe de albums terug in de doos. Weggooien kan ik hem niet; ik voel dat tante Dina's albums mijn verdere leven lang zullen blijven meeverhuizen, zonder nog ooit te worden geopend.

Dan belt mijn moeder.

– Ben je nog langs tante Dina geweest? vraagt ze.

– Nou en of, zeg ik; wat een ongelofelijk vitaal mens hè?

– Ze was vroeger een beetje pinnig, maar toch is het op de een of andere manier altijd mijn liefste tante gebleven, verklapt mijn moeder. Trouwens: toen je weg was wist ik ineens weer hoe hij ging.

– Hoe wie ging?

– Die mop van die bok, zegt mijn moeder; toen jij zo over je toeren was. Wil je hem horen?

– Nou nee, liever niet, weer ik af; ik zit net te werken, eerlijk gezegd.

– Oh sorry.

– Geeft niet.

– Nou ja, niet dat ik preuts ben, maar ik vertel hem ook liever niet.

– Ik hou helemaal niet van moppen, zeg ik knorrig.

– Nee, beaamt mijn moeder; ik ook niet. En helemaal niet als er dieren in voorkomen. Daarom krijg je mij ook met geen stok naar een Circus.

– Mij ook niet, zeg ik.

– Maar ja, ik was toen jarig en dan wil je de stemming niet bederven. Maar daarom had je wel gelijk, zo jong als je was.

– Hoezo gelijk?

– Met dat van De Schepping Gods.

– Welnee, zeg ik; ik raaskalde maar wat. Hoe voel je je?

– Goed. Hoezo?

– Jij wordt ook nog wel eens honderd, beloof ik haar.

Mijn moeder zwijgt. Dan zegt ze: ik hoop in godsnaam van niet.

– Waarom niet? vraag ik beledigd.

– Dan ben jij zeventig! ijst zij.

– Nou en?

Zij zucht.

– Dat je zelf zo oud wordt dat went nog wel, prevelt mijn moeder; maar je hebt geen idee hoe erg het voelt als je je eigen kind zo'n ouwe bok ziet worden.

# ZIJN BORSTEN

Ze draait wel bij, denkt zijn vrouw. Maar hij kent zijn dochter. Nee dat kan wel een week of wat gaan duren.

Het allerergste vindt hij feitelijk dat hij niet weet of hij er verkeerd aan heeft gedaan. Je doet het op je gevoel, zoals hun hele opvoeding, maar misschien mankeert daar wat aan bij hem. Dat hij zonder het te weten in de war is, door wat er tegenwoordig allemaal gewoon is.

Hij heeft drie dochters, maar het gaat om de oudste. Die is dertien en heeft al borsten. Maar die had hij dus nog nooit gezien.

Zijn vrouw wel en die zei dat ze heel mooi zijn, dus dat moet hij dan maar aannemen en dat gelooft hij ook wel, want je hebt natuurlijk altijd bepaalde indicaties.

U moet geen verkeerde dingen van hem denken.

Hij is absoluut geen gluurder.

Hij gaat spontaan en open met al zijn dochters om en die weten dat hij bij voorbeeld in geen honderd jaar incest zou willen plegen. Hij wou alleen zo dolgraag een keer de borsten van zijn oudste dochter zien. Voor zijn trots. Om haar te bewonderen. Verder nergens voor.

Hij durfde het haar niet te vragen. Hij dacht ik krijg wel een keertje de kans.

Maar het lukte alsmaar niet.

'Even wachten!' riep ze, als hij aan haar kamerdeur klopte.

Daar zat volgens hem een onredelijkheid in. Als zijn oudste dochter met haar vriendinnen naar het strand ging, dan zonden zij topless. Hij juichte dat niet toe, maar hij begreep best dat die meisjes dat heel gewoon vinden. Ze zien toch niks anders, op de reclame en in de Videoclips?

Nee als hij daar op tegen zou zijn dan zou hij tegen de moderne tijd zijn en daar is geen beginnen aan, dan werd hij gek.

Dus als zijn dochter zonder bovenstuk op het strand ligt, dan legt hij zich daar bij neer. Persoonlijk vindt hij dat een vrouw altijd iets moet blijven verhullen, maar het zijn tenslotte haar eigen borsten.

Alleen kan hij er potverjume niet tegen als hij eraan denkt dat op een zondagmiddag zeg maar zevenhonderd mannen mogen koekeloeren naar dezelfde borsten die haar eigen vader nog nooit te zien heeft gekregen! Moet hij haar soms achterna reizen? Hij kan toch moeilijk met een aangeplakte baard gaan lopen zoeken waar zijn dochter ergens ligt te pronken?

Nu is ze net weer met drie vriendinnen een week naar Texel geweest.

Vanmorgen waren de foto's klaar. Hij heeft ze voor haar opgehaald, want zij had school.

Aan de keukentafel is hij ze gaan zitten bekijken, hij geeft het eerlijk toe. Hij kon het niet houden. Zijn vrouw was niet thuis. Er zaten drie foto's van zijn dochter met haar blote borsten tussen.

Hij legde ze apart, naast elkaar en deed de rest terug in het envelopje. Ook de foto's van haar blote vriendinnen, want daar ging het hem geeneens om.

Hij stak een sigaret op en bekeek op zijn gemak zijn oudste dochter.

Zij had de mooiste borsten die hij nooit gezien had.

Maar toen kwam zij binnen.

# LANGBANG

Je zult tegenwoordig wel digitaal worden opgemeten of met een laserstraaltje en met een paar honderd aanvragers tegelijk, maar toen ik in 1959 mijn eerste paspoort kreeg mocht je nog in je eentje tegen een becentimeterde wand gaan staan, in een speciaal kamertje en op kousevoeten, waarna je klem werd gezet met een horizontale maatlat, op je schedeldak neergelaten door een bijziende stadhuisbode, wie het een zorg was welke officiële lengte jij genoteerd wilde zien.

Ik stond van inspanning trillend op mijn tenen en hield mijn achttienjarige hoofd onwerkelijk fier geheven. Zo hoopte ik de magische grens van Eén meter Tachtig te halen, want zo lang was mijn vader. Maar hoe ijlhoofdig ik mijzelf ook oprekte – ik kwam niet hoger dan éénmeterachtenzeventig. Die lengte werd mij zonder tegenstribbelen toegedicht en kwam, in handschrift en met inkt, voor altijd in mijn paspoort te staan. Sedertdien werd die 1.78 m, zonder nadere verificatie, bij elke verlenging overgenomen.

Laat ik in 1959 alles bij elkaar drie centimeter hebben kunnen smokkelen. Dan mat ik dus nog altijd éénmetervijfenzeventig! Daarmee heette je toentertijd dan wel geen 'boom van een kerel', maar ze durfden je evenmin een droppie, een dreumes of een kleine opsodemieter te noemen.

Een vader die 1.68 m mat, ontleende daar nog ruim voldoende gezag aan en het sprak vanzelf dat het gezinshoofd levenslang de langste bleef. Pas op twee- à drieëndertigjarige leeftijd wilde een enkele zoon nog wel eens zijn uitgegroeid tot ietsjes boven de schouder van zijn inmiddels lichtgekrompen papa.

Als ik het mij goed herinner, mocht je toen met een lengte van 1.63 m al bij de Politie. Meisjes moesten daarvoor minimaal 1.59 m meten, maar zulke lange slierten zag je maar zelden. Ga maar na: Brigitte Bardot was destijds 1.51, Simone Signoret mat 1.48 en Edith Piaf haalde, op hoge hakken, krap 98 centimeter.

John Wayne en Gary Cooper – wat een Reuzen leken dat niet, op het Witte Doek! Terwijl zij, in werkelijkheid, onderscheidenlijk 1.42 en 1.47 lang waren. En dat een onderdeurtje als James Dean (1.25!) zo'n opzien baarde met de film *Giant*, kan achteraf tot Hollywood's grofste 'gotspes' worden gerekend!

Maar zie: heel, heel langzaam werden de mensen

langer. Yul Brynner passeerde, kaal nog wel, als eerste filmacteur de grens van 1.60 m en met Clint Eastwood kwam de echte doorbraak: die bleek me daar eventjes 1 meter en eenenzeventig centimeter lang! Maar: op laarzen. Zo kan ik het ook.

Daarna ging het hard. In Nederland is, ten gevolge van het jarenlange zuivelgebruik, de gemiddelde lengte van een jongen van 17 stilaan uitgemolken tot 1.96 m en Hollandse meisjes zijn, met hun doorsneelijven van 1.82 m, de mooiste en langste vrouwen ter wereld.

En het einde is nog niet in zicht; laat staan dat wij de gevolgen van deze groei op langere termijn kunnen overzien!

Tot nu toe dacht men dat het ging om langere bedden en grotere kledingmaten. Die aanpassingen vormen slechts het topje van de ijsberg. Denk aan het verkeersgebeuren. Misschien kunnen de stoplichten zo blijven hangen, maar de praatpalen moeten langer. Benzinepompen en parkeermeters worden hoger. Wat dacht u van de gleufpositie bij de brievenbussen, van de openbare tafels en stoelen, van de sloten en bellen? Dat alles wordt zodanig aangepast, dat de tweemetermens niet meer hoeft te bukken. En wie zijn straks die tweemetermensen? Negen van de tien Nederlanders!

Hoe lang bent u? Een meter achtenzestig? Akkoord. Straks bent u vijfenzestig en dan wilt u rustig de mussen voeren, op een bankje in het park. Nou, probeer daar dan nog maar eens op te klimmen! Dat gaat allemaal omhoog. Toonbanken, balies, automaten, straatnaambordjes... Wanneer wij in het jaar 2000 een kroketje willen trekken, zullen wij elkaar een kontje moeten geven.

Als ze de publieke telefoons hoger gaan bevestigen (en die plannen liggen klaar; een nicht van mij zit bij de PTT), dan begint er een niet meer te stuiten sneeuwbal te rollen. Op alle fronten is het beleid gericht op het verhogen van alles wat er hangt en staat, in Nederland. Alleen al om de werkgelegenheid, die ze daarmee scheppen.

Over de gehele linie komt er zeventienenhalve centimeter bij. Mijn nicht spreekt van een voorlopig cijfer. Maar dat cijfer is geheim, dus waar.

Kapstokken in openbare gelegenheden, vergat ik nog te noemen! U kunt straks niet meer bij de knop van het licht, met uw enkele AOW. O het zal heel geleidelijk gaan. Bepaalde blikken in de supermart zullen onbereikbaar voor ons worden. Wij kunnen steeds moeilijker bij de bovenste rijen boeken in de bibliotheek. Om haltepalen te lezen hebben wij een verafbril nodig. U drinkt een kopje koffie op het terras, zitten op een morgen alle oortjes hoger. U bestelt tomatensoep en het bord is dieper. U vraagt de rekening; de twee meter lange ober hoort u niet. Noodgedwongen zullen wij steeds harder gaan praten. Dus als wij straks nog aan enige bak willen komen, moeten wij nu onze stemmen verheffen!

Er zijn Clubs van Lange Mensen en Verenigingen van Dwergen – waar blijft de belangengroepering van de tussenpersonen, zoals u en ik?

Het is de hoogste tijd dat deze consumentenkring er komt, want ik tel onder mijn vrienden en kennissen niet één vader meer met een opgroeiende zoon die hem nog niet in lengte heeft overtroffen, zo min als ik één dochter kan aanwijzen die heden ten dage korter is dan haar moeder!

Dat heeft – onnodig – verkrampt gedrag ten gevolge. Ik ken ouders die hun kleiner zijn voortdurend trachten te maskeren door het dragen van dubbele hakken of verheffende inlegzooltjes. Anderen zien er zorgvuldig op toe dat zij, in gezelschap, nooit direct naast hun kinderen komen te staan en weer anderen blijven zelfs consequent zitten, als hun zoon of dochter in de buurt is. Het kan bijna niet anders of de ontworteling van veel hedendaagse jeugd is het directe gevolg van de instinctieve angst die er bij volwassenen heerst om een grote mond op te zetten tegen iemand die langer is.

Nu valt die brutaliteit van onze twee kinderen gelukkig reuze mee. Mijn zoon van zeventien en dochter van vijftien zijn, gelet op hun lengte, juist ontzettend wellevend.

Gisteren stonden wij gedrieën, ik in het midden, in zo'n al te zeldzaam ogenblik van avondrust en gezinsvrede naar de waaierende tuinsproeier te kijken en toen tikten zij precies tegelijk op mijn kruin en zeiden ze unisono en u had eens moeten horen met hoeveel liefde en gevoel dat wel niet gepaard ging: 'Je wordt hier een beetje kaal, pap!'

# TELOORHUIVER

Alle boeken die jij dit jaar hebt gekocht zullen voor 2000 zijn verpulverd, wist je dat? Pak jij over tien jaar Hugo Claus nog eens uit de kast, stuift het Verdriet van België door de kamer en hou je alleen de band in je hand. Dat komt door de kwaliteit van het hedendaagse papier, die niet meer is wat zij nooit geweest schijnt te zijn.

Met het thermische papier uit je printer is het nog veel linker: dat lost in vijf jaar tijd op in het niets, las ik nog net net nog ergens!

Dus de vellen die je wilt bewaren moet je onmiddellijk kopiëren op niet-thermisch papier en je moet jezelf aanwennen om al die duplicaten met geregelde tussenpozen te vermenigvuldigen, anders ben jij straks de lul.

Ik wil je natuurlijk niet ongerust maken en daarom zal ik maar niks zeggen over je kostbare videocassettes. Je weet toch dat die zichzelf uitwissen, op den duur? Het medium bestaat uiteindelijk nog maar zo kort, dat we eenvoudig nog niet empirisch hebben kunnen vaststellen hoe lang zo'n tape zijn beeld bewaart. Uit recent radiologisch onderzoek blijkt nu dat jij vanaf 1993, wanneer je bij voorbeeld *Dokter Zjivago* afdraait, alleen nog sneeuw te zien krijgt.

Nu wil ik hier niet de onheilsprofeet uithangen en daarom zal ik het maar niet hebben over de houdbaarheid van onze kleding – synthetische stoffen als nylon, viscose en trivyl wordt, volgens de laatste prognoses, een duurzaamheid van ten hoogste vijftien jaar voorspeld! Alleen in weefsels van honderdvijftig procent wol, zuivere angora, ongeruwde katoen of Mechelse Kant ontloop je, tenminste tot 2004, het risico dat jij op een kwade dag plotseling naakt over straat gaat!

Om kort te gaan: ik ben absoluut geen Doemdenker, maar als jij het komende weekend niet alle voor 1984 opgenomen geluidscassettes als de wiedeweerga kopieert, zit jij straks met enkel ruis, op je walkman.

Dus als ik met mijn PC werk, dan seef ik om het kwartier wat ik tot dan toe heb gedaan op een tweede floppy en die kopieer ik op een derde schijfje, voor de zekerheid. Ik heb al mijn floppies dus driedubbel en die bewaar ik in drie verschillende metalen dozen. In drie verschillende kamers natuurlijk, tegen brand of een aanval met kernwapens.

Foto's idem duplo. Van al mijn kiekjes heb ik extra exemplaren laten afdrukken. Ik heb nu twaalf complete contra-albums. Maar dan hou je het probleem van je negatieven, want dat zijn allemaal unica. Gelukkig is er nu ook een adres waar je je negatieven kunt laten dubbelen, dus dat zal ik je zo even geven. Ik zou het zelf wel kunnen doen, maar dan moet ik de hele donkere kamer weer inrichten en daar slapen de kleine meiden dus tegenwoordig.

Maar op geluidsgebied hou ik alles van a tot z in eigen hand. Dus ik heb al mijn platen op band gezet en die banden heb ik gekopieerd op cassettes. En die cassettes natuurlijk gedupliceerd en die gaan straks op CD-schijfjes.

Mijn verzekeringspapieren, hypotheektoestanden, ziektepolissen, autopapieren – alles heb ik in duplo, het meeste in triplo.

In quaplo zou natuurlijk het seefste wezen.

Er komt eigenlijk niks bij ons in huis waar ik niet meteen een tweede exemplaar van maak. Daarom heb ik ook van geen apparaat zoveel plezier als van onze kopieermachine. Daar heb ik er twee van, want in het begin had ik er nog maar eentje en die viel een keer uit zeg! Ik dacht dat ik gek werd.

Op vakantie neem ik alle papieren altijd mee, dat wil zeggen de kopieën. De originelen gaan op een geheim adres, in twee kluizen.

Nou waren wij de vorige zomer op reis met een bevriend echtpaar, in de buurt van Baden-Baden. De kosten deelden we sam-sam. Onze tweelingen zaten achterin, met een zak tum-tum, waar ze alle vier nog vreselijk van aan de beri-beri zijn gegaan, maar dat doet er nou niet toe.

Maar die hadden dus op een gegeven moment de tolkaart kwijtgemaakt!

Ik dacht dat zal mij niet nog eens overkomen, dus koppie-koppie gebruikt en nu gaat de kleinste kopieermachine mee, in de caravan. Trek ik van alle papieren onderweg meteen een kopietje. Campingnota's, benzinebonnen, restaurantrekeningen – gaat allemaal huppekee in de copier.

Ik zal je zometeen even aan mijn nieuwe vlam voorstellen. Ze is even haar neus poederen. Moet je maar eens goed opletten: ze is natuurlijk tien jaar jonger, maar als twee druppels water mijn vrouw!

# SCHADERAPPORT

Ik ben nog acht maandelijkse termijnen van honderdenzestig gulden verschuldigd en dan is het tuinhuisje zogezegd vrij van hypotheek en ook voor het overige rechtens mijn eigendom. Dit tuinhuisje staat in feite direct aan de straat. Vanuit het raampje kan ik net over de laurierhaag kijken. Personenwagens met een imperiaal op het dak kan ik zien passeren.

Er staan, liggen of hangen thans de volgende voorwerpen in mijn tuinhuisje: een grasroller, een schop, een opvouw- en opblaasbare rubberboot, twee metalen harken en een rieten grashark, de opgerolde tuinslang (circa veertien meter), zestien bloempotten, de kapotte crossfiets van mijn zoontje, een rolschaats van mijn dochter, een uitgeklapte opklaptafel en een linnen vouwstoel; alsmede een stapel van vijftig relatie-blocnotes van de zaak, op eentje waarvan ik dit zit te schrijven, bij het licht van een looplamp die ik binnen in de gang heb aangesloten en welks snoer ik door het wc-raampje heb geleid.

Het grote publiek denkt vaak dat verzekeringsmensen allemaal Saaie Pieten en Brave Hendriken zijn, maar niets blijkt bij navorsing vaak minder waar, hetgeen mijn geval moge bewijzen.

Rijdend over de snelweg Den Haag-Utrecht, de A 12, werd ik op of omstreeks 3 april 1989 te 15.31 uur gepasseerd door een zwarte Honda Accord, kenteken ST–38–KP.

Mijn snelheid zal rond de honderd kilometer per uur hebben bedragen; die van de Honda beliep vanzelfsprekend iets meer. Ik heb mij als goede gewoonte aangewend om de gezichten van alle medeweggebruikers met aandacht in mij op te nemen, indien althans de verkeerssituatie dit toelaat. Dus keek ik automatisch opzij naar de mij ter linkerzijde voorbijrijdende Honda. Toen is het begonnen.

De wagen werd bestuurd door een werkelijk adembenemend mooie vrouw en voor het overige nam ik geen mede-inzittenden waar.

De aanblik van haar profiel duurde ten hoogste acht seconden, maar deze periode was voldoende om mij in een geestesgesteldheid te brengen die zich het correctst als 'van opwinding' laat omschrijven. En dit in hoge mate.

Na haar passeermanoeuvre voegde zij zich weer op de rechterrijstrook en kon ik door mijn voorruit constateren dat bestuurster blond haar had, dat zij droeg in opgestoken vorm, zoals de filmster Katherine Hepburn dit vroeger wel gewoon was te doen.

Hier en daar nam ik losse krulletjes waar. De zon stond al wat lager aan de hemel en daardoor kwam een gedeelte van het haar aan weerszijden van haar hoofd op mij over als engelenhaar. Het was alsof er in mij een chemische reactie in gang was gezet waardoor ik niet anders kon handelen dan ik vervolgens deed: ik gaf met mijn knipperlicht te kennen te zullen gaan passeren, gaf extra gas en haalde op mijn beurt de zwarte Honda in.

Bij het passeren keek ik opzij naar de bestuurster, *die eveneens haar hoofd wendde en naar mij lachte.*

Ik bemerkte bij mijzelf een iets versnelde hartslag en zelfs de plotselinge gelaatswarmte zoals deze wordt veroorzaakt door blozen of sauna.

Al met al was ik te verbouwereerd om terug te lachen. Mijn blik drukte naar ik vrees veeleer verbazing uit.

Na de inhaalmanoeuvre keerde ik snel terug naar de rechterrijbaan en raadpleegde ik mijn achteruitkijkspiegel, waarbij ik tevens controleerde of mijn haar niet te kaal zat. Ik kan dit immers dusdanig kammen dat dit niet en/of nauwelijks opvalt. Vervolgens verminderde ik mijn snelheid zo geleidelijk en onmerkbaar mogelijk, langs welke weg ik de vrouw dwong mij ten tweeden male te passeren, *hetgeen zij deed.* Voor de zekerheid was mijn lach nu al van kracht toen zij mijn achterbumper naderde en ik hield hem vol gedurende haar hele inhaalmanoeuvre, die minuten leek te duren.

Hierbij ervoer ik aanzienlijke gevoelens van erotische aard. Haar ogen waren korenblauw, hetgeen sinds 1962 mijn favoriete kleur is ten aanzien van ogen bij vrouwen.

Zij lachte mij andermaal toe en het was of ik 10-20 jaar jonger werd. Het gebeuren laat zich omschrijven als een contact in de aard van Flirten.

Dit spelletje herhaalde zich nog een drietal malen, waarbij onze snelheid, op haar initiatief, opliep tot 130 à 140 kilometer per uur!

Toen ik de vrouw voor de vierde maal voorbijreed, *deed zij haar haar los!*

Dit was op of onder Zoetermeer en hield in dat zij de twee kammetjes verwijderde die halverwege het achterhoofd in haar kapsel waren aangebracht, waarna zij haar hoofd schudde en met nog meer nadruk dan voorheen naar mij lachte.

Daar ik uit mijn praktijk beschik over een ruime kennis van lichaamstaal, kon ik dit gebaar zonder veel moeite interpreteren als zijnde van inviterende aard.

Wat stond mij te doen?

Ik moest om half zes in Hilversum zijn om een tweetal niet onaanzienlijke inboedelpolissen te actualiseren en het was nu rond de klok van vier uur, dus had ik nog een dertigtal minuten speling. Ik trok mijn stoutste schoenen aan en maakte, toen het weer mijn beurt was om te passeren, het gebaar dat 'Kopje Koffie Drinken' beduidt.

Haar antwoord afwachtend, bleef ik een gewaagd lange tijd terzijde van haar voortrijden.

De vrouw, die mij bij elke inhaalhandeling aantrekkelijker was voorgekomen en die ik tussen de 28 en 35 jaar schatte, wees met een gebaar dat spijt uitdrukte op haar horloge. *Ook keek zij hier oprecht beteuterd bij.*

Toen zij mij vervolgens opnieuw voorbijreed, ik was inmiddels de tel kwijt, herhaalde zij enkele van deze lichaamsbewegingen, onder andere het op overdreven wijze hulpeloos ophalen van de beide schouders. Zij droeg een tomaatrood jasje van suède leder. Ik had intussen mijn stropdas losgedaan; op of onder Woerden. Door mijn hoofd speelden, ronduit gezegd, verschillende gedachten van erotische geaardheid. Ook spookten de woorden Motel, Zachte Berm en Zwart Ondergoed door ondergetekende.

Wij naderden nu de afslag Hilversum (E 8, waarna A 27). De weg gaat hier in eerste instantie door naar Utrecht, en voert vervolgens naar Arnhem, waar ik niets te zoeken had, daar Gelderland buiten mijn rayon valt.

Ik zorgde dat ik voorop reed en gaf reeds in een

vroeg stadium te kennen dat ik rechtsaf wilde slaan.

Gespannen sloeg ik de knipperlichten van mijn achtervolgster gade, doch helaas: zij leek mij niet rechtsaf te zullen volgen en ik was al te ver heen op de afslagstrook om nog zonder gevaar voor het overige wegverkeer van rijbaan te kunnen wisselen, waardoor er, te omstreeks vier uur drie, een einde kwam aan onze Autobahnspielerei, zoals onze oosterburen deze activiteit gewoon zijn te omschrijven (dit weet ik van een recent schadegeval bij Mannheim, waarbij een onzer verzekerden was betrokken, je leert in dit vak nog elke dag). Wel vertraagde ik korte tijd mijn snelheid, zodat ik haar links kon zien passeren, *waarbij zij mij een kushand toewierp!*

Gedurende de rest van die middag was ik slechts ten halve geconcentreerd en ik handelde de beide bijstelgevallen grotendeels af op mijn routine.

Na thuiskomst deed ik mijn vrouw, begrijpelijkerwijze, geen mededelingen aangaande het gebeurde, daar ik dit niet van toepassing achtte.

De slaap kon ik die nacht niet of nauwelijks vatten en ook de gehele volgende dag, ik had binnendienst, bleef de beeltenis van de vrouw in de Zwarte Honda door mijn hoofd spoken.

Hoeveel maal precies had zij naar mij gelachen?

Had ik haar oortjes gezien, toen zij haar haar omhoog had? Ik moest en zou deze vrouw ten tweeden male treffen, zoveel was zeker.

Daarom wipte ik in de namiddag even aan bij Verkijk van onze afdeling Blikschade en vroeg ik hem, zo achteloos mogelijk, of hij 'even een nummerplaatje voor me wou screenen'. Ik offreerde Verkijk een sigaret en hij draaide het nummer, maar de Dienst Kentekenbewijzen gaf al geen gehoor meer. Geeft niet, zei ik zo achteloos mogelijk; het gevalletje heeft geen haast.

Die nacht sliep ik nog slechter dan de voorafgaande.

Zou zij getrouwd zijn?

Alsmede minderjarige kinderen hebben?

De prijs van de auto in aanmerking genomen, leek mij dit niet bepaald een 'tweede wagentje', en dat sterkte mij in de overtuiging dat ik met de eigenaresse zelf van doen had gehad; voor welke overweging ook haar aanwezigheid op de snelweg te dien tijde van de werkdag pleitte. Ik kon dus in alle redelijkheid aannemen dat ik erotisch contact had gemaakt met een mooie, zelfstandige vrouw, bezigheden buitenshuis hebbende.

Het kenteken ST–38–KP bleek op naam te staan van mevrouw O.J., woonachtig in de middelgrote provincieplaats P.!

Nu valt P. ten minste veertig kilometer buiten mijn competentie en kon ik mijn afreis derwaarts met geen mogelijkheid verantwoorden naar de directie toe, zodat er niets anders opzat dan mij een dag ziek te melden, hetgeen ik deed te donderdagmiddag twee uur; gelet op het gegeven dat je minder argwaan wekt wanneer je ziek van kantoor naar huis gaat dan wanneer je je vrouw of huisgenoot 's ochtends laat bellen dat je griep hebt.

Ik zei dus tegen Hemelrijk dat ik mij niet lekker voelde en keek daarbij zo witjes mogelijk.

Nu dien ik hieraan toe te voegen dat ik binnen ons kantoor tot de drie beste inspecteurs behoor en dat ik in het bijzonder bij Hemelrijk wel 1 à 2 potjes kan breken, dus dat gaf geen problemen. Hemelrijk wenste mij beterschap en zei nog dat ik de vrijdag maar eens lekker in bed moest blijven met de nieuwe Stephen King, want die kon hij mij van harte aanbevelen.

Ik had mijn vrouw vanzelfsprekend niet op de hoogte gebracht van mijn ziekzijn onder valse voorwendselen en verliet de volgende morgen op de gebruikelijke tijd ons huis, waarna ik koers zette in de richting van het Avontuur. Want dat dit een Avontuur was, voelde ik met heel mijn wezen. Om de hoek van onze straat stopte ik, om mijn colbertjasje te verruilen tegen mijn geruite sportjacket, dat ik de avond tevoren, na het aangelijnd uitlaten van onze hond, mannetje, alvast in mijn kofferruimte had gedeponeerd. Ik droeg mijn bruine vakantiemocassins.

De eerste vijftig kilometer rijdens vocht ik nog tegen schuldige gevoelens op het vlak van echtelijke ontrouw, maar eenmaal voor of voorbij Apeldoorn voelde ik mij op een voor mij vreemde manier vrij van aansprakelijkheid voor de eventuele schade aan derden die zou kunnen worden veroorzaakt door of voortvloeien uit mijn driftmatige handelen.

Ik onderging, kort samengevat, voor het eerst sinds mijn scholierenjaren een gevaar waartegen ik mij niet gedekt wist. Ook bevingen mij gevoelens van trots. Ik zong een aantal liedjes die ik dacht te zijn vergeten, waarbij ik ritmisch op mijn stuur trommelde.

Te half elf arriveerde ik in P., waar ik nog nooit eerder was geweest. De middenstand leek goed te floreren in met overwegend metalen rolluiken tegen braak beveiligde winkels. Bij een ruimgesorteerde drogist kocht ik een flesje after-shave van het merk Aqua Velva (fl. 12,50), dat ik rond mijn twintigste op en onder mijn hoofd placht te sprenkelen en tot mijn vreugde en verrassing nog bleek te bestaan.

In de auto deed ik er wat van op, maar kwam ik,

ten gevolge van trillende handen, uit te schieten, zodat ik morste.

Ik was bang dat ik in hinderlijke mate zou geuren, keerde terug naar de langs enkele industrieterreinen en een groot nieuw gebouw van onze voornaamste concurrent leidende ringweg en reed daar een vierhonderdtal meters met mijn hoofd ter buitenzijde van mijn linkerportierraam.

Te elf uur precies draaide ik, in een openbare telefooncel, haar nummer. In plaats van 'draaide' dient u hier 'drukte' te lezen. Een warme vrouwenstem nam op of af, met de zangerige intonatie die zo kenmerkend is voor de streek waarin P. is gelegen. De naam klopte. Snel stak ik van wal en meldde kort en zakelijk het gebeuren zoals dit twee dagen tevoren op de snelweg Den Haag-Utrecht had plaatsgevonden.

Vervolgens informeerde ik of mevrouw O.J. zich dit voorval herinnerde. Even bleef het stil, toen beantwoordde zij mijn vraag bevestigend. Ik verstoutte mij te vragen of zij haar haar op dit moment omhoog droeg of los en zij verklaarde dat het omhoog zat. Ik besloot een grapje te maken en zei dat ik ook omhoog zat en vroeg of het gelegen kwam als ik even langskwam. Een tiental angstige seconden zweeg zij, maar toen informeerde zij waar ik mij bevond en gaf zij mij gehaast doch duidelijk te kennen hoe ik moest rijden. Ik had geen redenen om aan te nemen dat mij een onware opgave was gedaan en begaf mij, mijn Nederlands stratenboek raadplegend, op weg...

Mevrouw O.J. woonde in een welgestelde, recent opgetrokken woonwijk van overwegend vrijstaande bungalows, die ik schatte op drie ton kosten koper. De auto's die ervoor stonden, vielen bijna alle in de prijsklasse tussen de 30 en 50 duizend gulden.

Op het garagepad van huisnummer 19 stond de zwarte Honda met het kenteken ST–38–KP geparkeerd. Ik ging hier eerst recht achter staan, maar zag na het uitstappen dat het nu leek alsof ik haar het ontsnappen wilde beletten. Derhalve stapte ik weer in en reed stapvoets een vijftal meters naar voren. Voor het brede raam van de aan de straatzijde gelegen en op het eerste gezicht met een Inboedel Klasse D gemeubileerde woonkamer, stond een kale man, met een snor en gekleed in een overall. Hij knikte vriendelijk naar mij en ik beantwoordde zijn groet. Ook voor de bovenramen ontwaarde ik haar niet. Maar wellicht was zij zich nog wat aan het poederen, dacht ik in mijn overmoed; en was dit de klusjesman die een kleine koffiepauze had ingelast.

Ik betrad het tuinpad (circa dertig vierkante meter flagstones) en wilde aanbellen toen de man in de overall opendeed en mij zijn hand toestak.

– Goedemorgen, zei hij; koffie? Leuk dat u ons heeft weten te vinden.

– Tja, zei ik en zweeg, daar ik niets wist terug te zeggen. Hij ging mij voor naar een ordelijke, begrotelijk ingerichte kantoorkamer aan de achterzijde van het huis en bood mij een stoel aan.

Over de gehele breedte van het gevelraam hing tot de vloer reikende luxaflex. De man nam plaats achter een kolossaal, wit bureau. Ik noteerde twee personal computers, een kopieermachine en een fax-apparaat.

Boven op een archiefkast stond een Hindelooper dienblad vol koppen en schotels. Uit de vernikkelde thermoskan op zijn bureau schonk hij mij een kopje koffie in. Melk en suiker zaten in een verzilverd stelletje, dat hij mij joviaal toeschoof.

– Rookt u? vroeg hij.

Ik antwoordde niet naar waarheid, want ontkennend, terwijl ik mijn hersens op topsnelheid liet werken.

Na kruiscombinatie van de verschillende onbekende factoren kwam ik tot de slotoverweging dat het het verstandigst was hem in kennis te stellen van het feit dat ik zojuist mevrouw O.J. aan de telefoon had gesproken.

– Klopt! zei mijn gastheer en hij stak een sigaar op. Ik nam geen brandblusapparatuur aan de wand van de kamer waar.

– Dat is mijn vrouw, vervolgde hij, maar die laat zich excuseren, want die moest er twee gaan afleveren, met de Landrover. Ze gaan als warme broodjes, dit voorjaar.

– Juist ja, zei ik en ik schoof het roomstelletje nadenkend van mij af, waarbij ik per ongeluk een van de drie zilveren fotolijsten op het bureau een kwartslag draaide. Zij was het: met haar haar omhoog.

– Wel, zei de man energiek; welke maat had u zo ongeveer in uw hoofd?

Hij drukte op een schakelaar naast de personal computer en langzaam zoemde de luxaflex omhoog.

Het thans vrijkomende raam zag uit op een onbeboomde tuin ter grootte van een half voetbalveld, waarin dertig à veertig verschillende tuinhuisjes stonden opgesteld.

# 1VOUD

Tijd! Daar gaat het om. Meer Tijd heb ik nodig, want zoals het nu staat kom ik tijd te kort en daardoor bedenk ik plannen te veel, of andersom.

Had ik dubbel zoveel tijd, dan zou de helft van mijn plannen niet half afgemaakt blijven liggen. Jemig de pemig: ik kom er gewoon niet aan toe om mijn eigen geestesvruchtenplukker te worden! Al die vellen vol ideeën, hangmappen met schema's, laden met schetsen!

Daarom ga ik mij voorlopig bezighouden met zoeken naar hoe ik mijn manier van communiceren sneller kan maken; dus dat ik met zo weinig mogelijk woorden zoveel mogelijk kan zeggen. Dat ik geen woord te veel gebruik. Dus echt al het overbodige weglaten. De Yanks zijn daar goed in, in woorden zo kort mogelijk maken. Dat scheelt op een heel mensenleven dagen, weken, misschien wel maanden, als je dat op zou tellen, al die letters die ze uit woorden weglaten dus die je, als iedereen meedoet, nooit meer hoeft te schrijven of te tikken.

Terwijl zo'n woord of zinnetje toch precies dezelfde betekenis houdt.

Dan vervangen ze drie, vier, soms wel vijf letters in een woord door een cijfer en als je dat cijfer hardop meeleest hoor je toch precies hetzelfde woord! Te gek gaaf, vind ik dat.

Ook met letters doen ze dat wel, dat 1 letter voor een heel woord staat.

Prince is daar goed in. For You is het beste voorbeeld van hoe kort het kan.

Dat schrijft Prince dus als: 4 U.

Of: 2 B or not 2 B. 2 gether.

How do you spell New York? Knife, cork, bottle and 4k.

There's a bird in the 3.

The lonely man 8 his meal.

'9!' cried the German Soldier.

'Hello girl! You've got a beautiful sun10!'

Moet je nagaan wat dat scheelt, als iedereen zich daaraan zou houden!

Daarom ben ik zo'n beetje aan het uitvogelen welke Nederlandse woorden allemaal korter kunnen, zodat we 1s wat meer tijd krijgen voor belangrijkere dingen, zoals niks doen.

Dat we de teugels wat meer laten 4en!

Daar kan een 3ste spelling bij helpen.

Want we zitten maar te 5en en te 6en over arbeidstijdverkorting, maar Mo6kriebel: daar zit de 2spalt niet! Het wordt tijd dat ons kla4 1s een ander deuntje gaat pingelen dan het oude liedje van g1 tijd, g1 tijd!

Potver3!

Wat d8 u dat de Bata4en zeiden?

Die hadden all1 een vr8 kreten, meer niet!

Maar 4iel als ze waren en omdat 1dracht toen nog m8 maakte en ze nog geen min8ing voor elkaars woorden hadden (en natuurlijk ook nog niks van predes10atie wisten), trokken die gasten 1voudig hun hooisch11 open en lieten ze 1sgezind hun gehuil schallen! Z11behoud!

Maar gesl8 na gesl8 hebben wij ons laten inzw8elen door leraren Nederlands en bre4ende pastoors en andere be2ters en de taal werd wolliger en wolliger en schrijver de6 wordt daar langzamerhand behoorlijk obs10aat van!

Het doet hem 1voudig ver3t te zien dat er st1 en b1 geklaagd wordt over onm8ige communicatie, terwijl al die klagers z11 in het algem1 g1 moeite doen om bij tijd en wijle hun 7 op resten van al te omsl8ig en kramp8ig taalgebruik te inspecteren...

Maar wat kun je ook verw8en, als ieder1 braaf meespeelt met Cijfers en Letters, maar als g1 mens ge9 is om zijn eigen vocabulaire te bekijken op de mogelijkheid om versnellende cijfers binnen zijn woorden te voegen, teneinde meer slagkr8 in zijn taal te brengen?

Ik hoop dat u hier hetz11de over denkt en ik wens u veel suc6 bij uw pogingen om minder omsl8ig te formuleren.

Hoog8end, uw toege9,

# GEEF NIET THUIS

Uw vaders rechterhand, waarin de dobbelstenen dreigend rammelden, stond op het punt zich boven het ganzenbord te openen, toen de gezelligheid rinkelend verstoord werd door de deurbel.

Hè jesses. Wie kon dat nu toch wezen?

– Een ogenblikje, kinderen, zei uw vader; even kijken wie we daar hebben. Nergens aankomen hoor!

Jullie lieten die van vader op zijn plaats staan, maar schoven jullie eigen pionnen vijf nummers naar voren. Alle vier evenveel hokjes, anders was het niet eerlijk. Ook moeder deed mee. Daar had je vader alweer.

– Wie was het, Pa?

– O niemand. Een man met garen en band. En kammetjes en veters.

– Geen snoep?

– Nee, niks lekkers. En naalden. Hier moeder, ik heb een pakje naalden voor je gekocht.

– Hè vader nou toch! Waarom nou? Ik zwem nog in de naalden!

– Ik vond het zo sneu om niks te nemen. En een naald is nooit weg.

– Behalve in een hooiberg, zei u toen.

– Hou jij je grappen nou maar voor je, zei uw vader. Wie was er aan de beurt?

– Jijzelf Papa.

– Mooi zo. Wacht eens: jullie hebben mij toch niet stiekem achteruitgezet hè?

– Nee hoor Pa, dat lijkt maar zo.

– Ik maakte maar een grapje. Nou: let op het springen van de lintworm!

En toen gooide hij drie, u weet het nog precies. Drie punten. Met twee dobbelstenen. En op kantoor werd iedereen elk jaar vlak voor kerstmis bevorderd, behalve uw vader. Het was een onnozel incidentje, dat van die deurbel, maar u heeft het altijd onthouden: sinds die middag begreep u waar de bordjes toe dienden met 'aan de deur wordt niet gekocht' en 'drukwerken worden niet teruggegeven', die de meeste buurtbewoners onder het emaille naamplaatje op hun buitendeur hadden geschroefd. Jullie niet.

Een paar jaar later kregen jullie telefoon, want uw vader moest 's avonds gebeld kunnen worden, door de zaak. Dat was in feite een soort van bevordering, legde hij moeder uit. Kreeg hij de telefoonkosten dan vergoed? Nee, dat niet.

Jullie telefoon hing in de gang. Waarom wist niemand. Het zal wel te maken hebben gehad met de aanlegkosten. Hoe dichter de telefoons bij de buitendeur hingen, des te voordeliger de aansluiting. Het was altijd koud op die gang. Wanneer 's winters de telefoon ging, trok uw vader eerst zijn jas aan.

Die zomeravond dat u die vreemde mevrouw aan het toestel kreeg.

– Is je vader thuis? had zij gevraagd en u was hem gaan roepen in de tuin en uw vader had minstens anderhalf uur in de gang gestaan met de hoorn nu eens aan zijn ene en dan weer aan zijn andere oor en hij had alleen maar af en toe 'gut ja' gezegd en 'dat is natuurlijk wel een feit' en 'nou nee, dat niet direct' en een week daarna was er een stapel boeken bezorgd, minstens twintig, allemaal hetzelfde zagen ze eruit.

– Nu is er niks meer wat wij niet weten! had uw vader geroepen en hij zette de boeken naast elkaar op de schoorsteen. Ze waren genummerd, van een tot en met vierentwintig.

Maar uw moeder was boos geweest en zij weigerde een paar weken lang de afgevallen knopen aan vaders manchetten te naaien en zijn sokken te stoppen en toen uw vader zei dat hij niet wist hoe hij dat moest doen, toen had uw moeder geroepen: dan zoek je dat maar op in je encyclopedie!

Ook via brieven liet uw vader zich tot allerhande uitgaven verleiden: door schrijvens waarin buitenkansjes werden aangeboden namens fabrieken met waterschade, door bedelbrieven van zogenaamde missionarissen uit Transsylvanië en vooral, wat jaren later, door Op Naam gestelde mailings van postorderbedrijven die bij voorbeeld openden met de zin 'Gefeliciteerd mijnheer van Bunen!'

Door deze persoonlijk gerichte aanhef voelde uw vader (de heer Van Buren) zich telkenmale zo gestreeld dat er eigenlijk nooit een week passeerde waarin jullie geen aangetekend verzonden doos kregen thuisbezorgd.

Door deze ervaringen wijs geworden heeft u, eenmaal volwassen, uzelf van meet af aan schrap gezet tegen de moderne verkooptechnieken.

Aan de deur komen ze niet meer (daar woont u ook te afgelegen voor) en omdat u vanzelfsprekend beschikt over een geheim nummer kan geen verkoper u telefonisch in de tang nemen.

Alle aan u persoonlijk gerichte commerciële brieven mikt u, ongelezen, in de open haard en u trapt evenmin in hun quasi echte telegrammen.

Onnodig te zeggen dat u de televisiereclame geen blik waardig keurt en dat u bij het bezoeken van de bioscoop altijd nadrukkelijk vraagt hoe laat, op de minuut nauwkeurig, de hoofdfilm begint.

Zo leek u er aardig in geslaagd uw huis, uw portemonnee en uw gemoedsrust te beschermen tegen alle Trojaanse Paarden van de gruwzame commercie.

Tot u vanmorgen om half negen uw werkkamer betrad en, in het bakje van uw Fax-apparaat (dat altijd aanstaat omdat het hoofdkantoor u dag en nacht moet kunnen faxen), twee vreemde velletjes vond.

'Goedemorgen mijnheer van Buren!' opende blaadje 1. 'Hoe lang blijft u nog ongefilterd water uit de kraan drinken? Mogen wij u even iets vertellen over de vele voordelen van het Aquastream Seagull Claire de Luxe Eurofilter?'

Wel potverdomme! riep u. Waren de Verborgen Verleiders er toch weer in geslaagd uw woning binnen te dringen!

Maar aan de andere kant was u toch al van plan om eindelijk uw water eens te gaan filteren. U durft uw vrienden en relaties, die allemaal al lang en breed filteren, immers bijna niet meer thuis te ontvangen, te midden van al die levensgevaarlijke, onaangeklede kranen.

Dus als ik u was zou ik hem maar bestellen en daarna meteen de PTT bellen om een ander, geheim Fax-nummer aan te vragen.

# DE DIEFSTAL VAN 1988

Als het mij was overkomen, zou ik in bed zijn gekropen en daar de eerste week van januari gebleven. Maar M. is niet zo kinderachtig. Ze heeft het verlies dapper gedragen. Haar hele vorige jaar is namelijk weg; M.'s 1988 ligt in staat van ontbinding ergens in de bossen tussen B. en H. En één man weet waar.

Een paar maanden geleden waren wij daar aan het filmen. Wij hadden onze auto's visgraatsgewijs geparkeerd aan de bosrand. Bebackpackt en berugzakt (het ging over een Survival-tocht), kraakte ons ploegje zich een weg tussen de naaldbomen, spiedend naar een geschikte locatie.

Toen wij terugkeerden, na drie uur draaien, bleek van M.'s auto het portierslot geforceerd en was haar tas gestolen. Eigen schuld – aangestoken door de komende kerstdagen en heimelijk overwegende dat in deze streek de minst behoeftige Nederlanders wonen, had zij haar tas open en bloot in haar auto laten staan.

Papieren en portemonnaie droeg zij gelukkig bij zich, maar daar is haar agenda te groot voor dus had ze die, te zamen met een paar ochtendbladen en de 's morgens van huis meegenomen post, op haar voorbank laten liggen. Niets van waarde, zou je zeggen, maar de dief had daar anders over gedacht.

Beteuterd gingen wij lunchen in een pannekoekenhuisje. Zij smaakten ons niet. Zwijgend rouwend om het verlies van M.'s gewichtige agenda, zaten wij aan een kerstversierde tafel.

– Wat stond erin M.? vroegen wij.

– Alles, zuchtte M.; alle gegevens van alle programma's bij voorbeeld. De nummers van de uitzendbanden. Adressen, telefoonnummers. Het is een ramp.

Maar de dief had daar toch helemaal niets aan? Nee, geen jota. Aha: dan moesten we ons zien te verplaatsen in zijn (of haar!) gedachtengang; misschien kwamen wij zo de gestolen agenda op het spoor.

Onze man had dus het autoslot geforceerd, M.'s tas van de voorbank gegrist en toen de open plek van het misdrijf zo snel mogelijk verlaten, veilig het donkere bos in. Daar moest hij ijlings de tas hebben nagevlooid en ergens tussen de bomen hebben weggegooid. Ja toch? Natuurlijk: M.'s agenda moest hier nog ergens liggen!

Wij besloten ons tactisch te verspreiden en gezessen het gebied rond onze parkeerplek uit te kammen.

Hier loop ik. Zonder rugzak, maar in mijn camouflagepak. Rambo op dinsdagmiddag. Nu en dan zak ik even door mijn knieën, in de verwachting dat er minder aan mijn aandacht ontsnapt wanneer ik in hurkzit en op moshoogte tussen de stammen doortuur. Ik krijg gelijk: na een kwartiertje zie ik een overvallen tas tussen de bomen liggen, maar ik hoef niet eens dichterbij te komen om te zien dat het niet die van M. is. Toch gaat de eenzame commando onverschrokken kijken. Het is een goedkope damestas van bordeauxrode skai. Leeg, op een aangebroken en beschimmelde fles hoestdrank na. Tegen Beklemde Borst, staat er op het etiket. Ik zie de oude dame voor me. Boswandelingetje gaan maken met kleinkind. Voor de zekerheid haar medicijnen meegenomen. Tas misschien even daar op bankje gezet, om haar handen vrij te hebben bij het samen beukenootjes zoeken. Twee meter verderop ligt haar leeggegraaide portemonnaie. Ook van skai. En een kunstlederen brillehoes, groen geweest. Zit geen bril meer in. De clipsluiting staat open: een vis die op het mos naar adem ligt te happen.

Ik stop de beide accessoires met lange vingers in de tas en draag die aan een schuwe pink naar ons verzamelpunt. Nee, verder niemand iets gevonden. We moeten trouwens door met filmen.

Aan het einde van de draaidag besluiten M. en ik,

je weet maar nooit, nog even langs het politiebureau van H. te gaan, voor het geval iemand haar tas zou hebben gevonden en hem daar afgegeven. We mogen boven komen, in een apart kamertje, bij een echte rechercheur, met een hoopgevende handdruk.

Hij is heel blij met de door mij gevonden damestas en ruikt met gefronste wenkbrauwen aan de brillekoker. Daarna mogen wij gaan zitten. Achter zijn bureau hangt, naast een op ons neerkijkende Beatrix, een zelfgezaagd instructiebord waarop, met speciale elastiekjes, een stuk of tien verschillende hasjpijpjes zitten geklemd. Ze zijn genummerd.

Het is heel verstandig en nuttig dat wij langs zijn gekomen, dempt de rechercheur zijn stem, want nu weet hij zeker dat de dief vandaag weer actief was, in dat gedeelte van het bos.

– Kent u hem dan, die dief? vragen wij verbaasd.

– Wat heet! wuift de rechercheur. Dat is namelijk al een jaar lang dezelfde kerel. De ene dag is hij bezig in de bossen rond B., dan weer in de buurt van L. en vandaag heeft mijnheer dus kennelijk geopereerd in H.

– Dus de Politie weet wie de dief van onze agenda is? vragen wij hoopvol.

– Reken maar! Hij is altijd met de fiets. Daar heeft hij een speciale extra stang aan gelast. Heeft niks met het frame te maken, maar dient om al het geld in op te bergen dat hij uit geparkeerde auto's steelt. Enkel geld en cheques; autoradio's en andere spullen moet hij niks van hebben.

– En dan? vragen wij met grote ogen.

– O dan fietst hij naar huis en daar vist hij zijn buit uit die buis, met een verzwaard haakje, heel handig. Dat weten wij omdat twee van onze mensen hem eens hebben betrapt, voor tachtig procent op heterdaad, maar net niet helemaal. Die zijn hem toen naar zijn huis gevolgd en hebben gevraagd wat die rare stang daar deed, aan zijn fiets. Maar hij wilde niks loslaten en toen hebben die twee agenten, na telefonische toestemming van de commissaris, die op zijn beurt voor alle zekerheid nog even contact had opgenomen met de Officier van Justitie van de Arondissementsrechtbank te A., zijn fiets doorgezaagd. Op het balkon, want hij woont in een flat.

– En toen en toen en toen? vragen wij met gloeiende oren.

– Zeshonderdtweeënveertig gulden, pocht de rechercheur. Kwam zo uit die stang rollen. Eén week hechtenis had hij gekregen. Maar twee weken later waren er alweer vier nieuwe gevallen van tasjesdiefstal gemeld. Die kerel is namelijk onverbeterlijk. Dat komt het is een oude inbreker, die het van de dokter wat kalmer aan moet doen.

– Maar wacht nou eens even! spring ik overeind; u weet dus pertinent wie het is, de man die onze agenda heeft gestolen?

– Voor tweehonderd procent zeker, knikt de politieman ernstig.

– Wij denken dat hij mijn tas ergens heeft weggegooid, huivert M.

– Ongetwijfeld, zegt de rechercheur.

– Kunnen we die vent dan niet laten aanwijzen wáár? roep ik wanhopig. Maar terwijl ik mijn stem verhef voel ik al dat het antwoord ontkennend zal zijn.

– Nee, die optie komt helaas niet in aanmerking, zegt de rechercheur dan ook.

Ik ga weer zitten.

Nee, dat kan natuurlijk niet. Begrijpen wij dat niet? Als de dief – hij heet overigens P. van der K. en is al 64 jaar oud – ons aanwijst waar hij die tas heeft weggegooid, dan bekent hij daarmee toch immers schuld?

– Maar als wij nu beloven dat wij er verder geen werk van maken en dat we geen aanklacht tegen hem indienen? probeert M. met haar laatste krachten.

– Neenee, dat is ten enenmale uitgesloten, zegt de rechercheur, glimlachend om zoveel onnozelheid.

– En als wij hem nou eens een beloning geven als

hij die plek alleen maar van een afstandje aanwijst? houd ik vol; een beloning van laten we zeggen vijfentwintig gulden?

– Geen denken aan! schrikt onze politieman; dan zouden wij juridisch namelijk volkomen scheef zitten!

– Misschien een fruitmand laten thuisbezorgen, smeek ik; of een kistje wijn? Heeft de man kleinkinderen? Een schooltje nieuwe vissen voor zijn aquarium? Of als de politie er nu alleen even langsrijdt om de dief, heel beleefd, uit te leggen hoe onmisbaar die agenda voor ons is? Kan hij mij het adres niet geven?

– Mevrouw, mijnheer: daar kan allemaal geen sprake van zijn!

Ik ben te ver gegaan, want de rechercheur trekt een vies gezicht en komt afrondend overeind. Wij leven namelijk in een democratie. Kijk: in een totalitaire staat gaan de overheid en de politie ervan uit dat een verdachte schuldig is tot hij of zij zijn onschuld heeft bewezen. De zogenaamde omgekeerde bewijslast. Nou: lijkt ons dat een prettig systeem om onder te leven?

– Nee inspecteur.

Wij zijn ook gaan staan en buigen deemoedig onze hoofden. Ozo, dat dacht hij ook. Want wat was nou de onschatbare waarde van de Democratie?

Wij mompelen schuldbewust dat het antwoord op het puntje van onze tong ligt.

Goed, dan zal hij het ons vertellen. Kijk: in de democratie gaan wij er nu juist van uit dat de verdachte onschuldig is, tenzij de politie het tegendeel kan bewijzen! En daar ligt het probleem, met onze dief! Ze moesten hem kunnen betrappen exact op het moment dat hij iets uit een auto pakte en in zijn fiets verstopte. Maar dat was de politiecorpsen van B., H. en L. nog nooit gelukt. Eén keer hadden ze bijna, voor negenennegentig procent een heterdaadje: kroop hij rond in een auto, maar toen had hij gezegd dat hij bezig was het adres van de bestuurder te zoeken om te waarschuwen dat zijn auto niet goed was afgesloten. Dus begrepen wij nu hoe moeilijk deze zaak lag?

– Jawel inspecteur.

Maar het stond ons natuurlijk vrij, die toestemming verleende hij ons bij dezen, om zelf nog wat verder te zoeken in het bos, want dat onze agenda daar ergens moest liggen, dat stond wat hem betreft voor driehonderd procent vast. En nu moesten wij hem verder excuseren, want hij had eigenlijk al tweehonderd procent te veel gezegd, minstens vijftig procent buiten zijn boekje gesproken en hij had nog verschrikkelijk veel meer te doen, want de bezetting was momenteel maar zestig procent, dus als wij zo vriendelijk wilden zijn?

M. is nog altijd bezig de gegevens van 1988 elders bijeen te sprokkelen en te noteren in haar nieuwe agenda. Ik draag die van mij de hele dag stijf onder mijn arm. Ik ben 1989 een flink stuk rechtser begonnen.

# STRUIKELHUL

Het was een Scheveningse Zomeravond in negentienvijf- of zesenvijftig. De door de wol geverfde en door het leven getekende trombonist leunde tegen de buitenmuur van Dancing Mont d'Or en rookte tussen twee sets even snel een sigaretje. Toen hoorde ik hem zeggen, tot zijn maat de pianist: 'Dat wijf heeft een trut als een trompet jongen!'

'Zonder dollen?' vroeg de pianist.

'Ik mag blind worden', bezwoer de trombonist.

Ik deed alsof ik doende was de losgedanste veters van mijn suède schoenen opnieuw te strikken en begreep maar half waar zij het over hadden. Pas toen ik in het ochtendgloren naar huis fietste, daagde mij de ware diepte van dat platte zinnetje. Ik bevroedde natuurlijk wel dat Trut in muzikantentaal Vrouwelijk Schaamdeel betekende, maar ik viel bijna van mijn fiets van de opwinding en de glorende geilheid toen ik bedacht dat met 'als een trompet' niet de maat van het mondstuk, maar die van de beker werd bedoeld! Dus de jongens van een band, die nota bene elkaar al hadden, hadden ook nog eens een keertje alle meisjes, met trutten als trompetten!

O, lid te zijn van een trio of kwartet, een kwintet of een sextet! Een sep- of octet leek mij iets te groot. Dat zou maar ruzie geven door te weinig meisjes. Enfin: als ik eerst maar eenmaal een instrument bespeelde!

Drie maanden lang ging ik, twee avonden per week, naar gitaarles. Fietsen naar Muziekschool Zwaag in het Westeinde, met mijn gitaar, gewikkeld in een deken, op de bagagedrager. Maar ik begreep de noten niet. Ik had te korte vingers. Ik kon niet tellen en had geen geld voor een waterdichte hoes. Op een avond werd de hals van mijn instrument, bij het licht van een knipperbol, door een passerende bromfietser van de romp gescheiden en dat betekende het einde van mijn muzikantenloopbaan.

Het liefst was ik een matig trombonist geworden, al begreep ik zelf niet waar die voorkeur voor de melancholisch erotische toon van de schuiftrompet vandaan kwam – totdat ik hoorde wat de Fransman bedoelt als hij het over 'tromboner' heeft. Nu leek mijn wensdroom Freudiaans verklaard. Was het jarenlang draaien van tromboneplaten in wezen een gesublimeerd terugverlangen naar de weergaloosheid van die puberale zomeravond?

De trombonisten Al Grey en J. J. Johnson maakten in 1983, in de Newyorkse RCA-studio, een plaat die in 1984 uitkwam op het Pablo-label, onder de titel: 'Things Are Getting Better All The Time'. Ik kwam hem in 1985 tegen in een tweedehandsplatenwinkel, beluisterde na thuiskomst tevreden meepommend het titelnummer (van Cannonball Adderley) op kant B, zette daarna mijn nieuwe aanschaf zolang weg en draaide de andere plaatkant pas vorige week voor het eerst.

Heuse vonken vlogen er nergens van af en de titel slaat zo te horen op andere dan muzikale Things. Het is eigenlijk een ontzettend slappe, ongeïnspireerde elpee en bij mijn eerstvolgende kamerschoning belandt hij op de stapel voor de tweedehandsplatenwinkel. Niet dezelfde platenzaak natuurlijk, maar een andere; een hele moderne, waar ze ook al tweedehands CD's verkopen.

Alleen in het vierde nummer van kant A, het aloude 'It's Only A Paper Moon', gebeurt er iets leuks: er gaat wat fout. Niks ernstigs en je hoort Bassist Ray Brown, Pianist Kenny Barron en Drummer Mickey Roker ook onbekommerd doorhengsten, maar Trombonist Al Grey, die hier met een demper speelt, glijdt even uit; in een zeker loopje breekt er plotseling een noot waardoor hij een onbedoelde terts zakt. Dan doet hij iets heel brutaals: hij pauzeert een halve maat en dan blaast hij diezelfde fout nog een keer, waarmee hij de luisteraar wil wijsmaken dat dit geen embouchure-ongelukje was, maar juist de bedoeling!

Ik herken dat maskeren van het kleine falen maar al te goed, want ik heb er zelf een grote bedrevenheid in ontwikkeld. Ik loop bij voorbeeld door een winkelpromenade en daar steekt een halflosse tegel boven het trottoir uit en daar struikel ik dan over. Om nu de indruk weg te nemen dat ik zojuist bijna op mijn bek viel, schakel ik, gehaast kijkend, onmiddellijk over in een looppasje, waarbij ik bezorgd mijn horloge raadpleeg. Struikelhul, zou ik die verbloemende pose willen noemen en het tot nu toe grofste staaltje van dit jaar leverde ik, noodgedwongen, op 18 januari in het Zeeuwse dorpje Tholen.

Ik zou hier om 20.15 uur voorlezen uit eigen werk en ik arriveerde tegen zessen, om wat lokale sfeer te proeven. Wat een prachtig, onbedorven dorpje! Vierhonderd jaar oude lantarenpalen, liefdevol gerestaureerde geveltjes, blinkend geboende stoepen, welgeteld één stoplicht en nergens een winkelpromenade. Overal nog de oorspronkelijke kinderhoofdjes, zodat ik al een stuk of vier verhullende looppasjes had moeten maken alvorens ik, in een Botermarkt geheten straatje van Vermeer, op een pand stuitte dat zich, door middel van een smeedijzeren uithangbord, afficheerde als 'De Kogge'.

Dat komt goed uit, dacht ik, want Kogge rijmt op Erwtensoep met Rogge en daar heb ik nu net een verschrikkelijke trek in!

Door de vitrage achter de metershoge ramen zag ik twee wit gedekte tafeltjes staan, voorzien van kandelaars met brandende kaarsen en kunstig gevouwen servetten. Ha, wat zag dat er smakelijk uit! Ik duwde de monumentale voordeur open, liep een acht meter lange gang door, betrad het restaurantgedeelte en ging zitten. Er was niemand. Ik pakte een servet, vouwde het uit, drapeerde het feestelijk in mijn schoot en wachtte. Er hingen twee prachtige zeegezichten aan de wand. En wat een schitterend Perzisch kleed lag er hier! Restaurantjes van deze intimiteit en verfijning kwam je in de Randstad nog maar zelden tegen.

– Ober! riep ik, zo hartelijk mogelijk; Ohober!

Toen er na een minuutje nog steeds niemand was verschenen om mijn bestelling op te nemen, legde ik mijn servet terug op tafel en kwam ik weer overeind. De ruimte was L-vormig en ik zat in de korte poot, zodat ik om de hoek moest kijken waar het bedienend personeel uithing. Ik zag een plastic kinderfietsje, een lege box vol speelgoed, een wand met boeken, een driezitsbank waarvan de rugleuning was behangen met sokken en ondergoed en nog duurde het wel tien seconden voordat de gruwelijke waarheid tot mij doordrong: ik stond in een woonkamer! De mensen pasten zich hier stijlvol aan bij hun monumentenpandje en dineerden iedere avond op deze gesoigneerde manier en ik was aan hun tafel gaan zitten en had Ohober geroepen!

Ik maakte mij zo klein als ik maar kon, probeerde mijn servet terug te vouwen tot de oorspronkelijke kaboutermuts en zo geluidloos mogelijk vluchtte ik terug naar de gang. Daar stond een deur open en keek ik een slaapkamer binnen. Nu vielen mij ook die twee racefietsen op. Biddend dat mijn braak onopgemerkt zou blijven, schuifelde ik langs de wand in de richting van de verlossende straat. Intussen wijdde ik studeerderige blikken aan de muur om, wanneer ik met een bewoner geconfronteerd zou worden, onmiddellijk van wal te kunnen steken over mijn belangstelling voor oudzeeuwse wandbekleding. Struikelhul.

Met een rammelende maag meldde ik mij om half zeven aan de entree van Theater De Meulvliet. Drie brede, dubbele glazen deuren en pas de derde die u probeert blijkt zich automatisch te openen. Laten we hopen dat het bij een bult blijft.

Er was alleen nog maar een juffrouw van het Buffet aanwezig; zo fris en vrolijk als je van een

Zeeuws meisje mag verwachten. Ik vroeg haar naar de kleedkamer en zij bracht mij erheen.

– En het toilet? wilde ik weten.

Tja, dan moest ik weer helemaal terug. Bij de ingang was dat. Maar weet u wat? U kunt voor vanavond het toilet voor rolstoelrijders wel gebruiken. Dat is hier, naast uw kleedkamer.

Fijn Zeeuws meisje, dank je wel. Graag gedaan mijnheer. U vindt het verder wel? Ik moet voor vierhonderd mensen koffie gaan zetten. Ja natuurlijk, nee geen probleem.

Ik scharrel wat rond in mijn kleedkamer, pak mijn koffertje uit, leg mijn tandenborstel keurig recht op de wastafel, hang mijn jasje aan de deur en moet plotseling nodig poepen. Zeker nog van gisteren.

Ik ga het Invalidentoilet binnen, doe de deur dicht en strijk met mijn rechterhand over de tegelwand, op zoek naar het licht. Ik ben nog van de generatie die opgroeide in WC's waarvan het lichtknopje rechts op de muur zat, meteen na binnentreden, op een hoogte van één meter en tweeënzestig centimeter.* Daar valt tegenwoordig geen peil meer op te trekken, zeker niet in moderne rijksgebouwen en in culturele centra. Ook hier weer niet.

* Zie ook 'Dwaallicht', in *Koot droomt zich af*, Amsterdam 1977.

De linkerwand dan misschien? Nee. Dan doe je de deur weer open, je laat buitenlicht binnenvallen en je speurt alle wanden af. Geen knopje te zien. Als het een heel rijtje WC's betreft, wil het licht wel eens buiten zitten, op het zuinige strookje halve tegeltjes tussen de toiletten. Juist! denk je geïrriteerd en je geeft zo'n knop een klap, maar het blijft donker in jouw hokje. 'Dank u wel!' roept er iemand vanaf het toilet naast het uwe, maar die situatie deed zich hier niet voor, want ik was alleen. Hoopvol schoof ik het haakje van de deur wat heen en weer en ik kwam ook nog op het idee de bril een paar keer op en neer te klappen, maar niets hielp. Dan maar in het donker. Ik maakte mijn riem los, stroopte mijn broek af tot onder mijn knieën en zeeg neer op de bril voor rolstoelrijders.

Met mijn beide armen testte ik de mat in het donker glanzende metalen hulpsteunen op hun stevigheid, kreunde tevreden en nam mijn vaste, ontlastende positie in: de ellebogen op mijn knieën en mijn handen bij wijze van boegspriet gevouwen.

Na een half minuutje waren mijn ogen gewend aan het duister en raad eens wat ze nu weer hadden verzonnen? Hier was de lichtknop aangebracht op tien centimeter boven de plint!

Ik lichtte dus mijn billen, bukte voorover en drukte. Niets. Dan moet de lamp stuk zijn, dacht ik. Dus was al mijn gezoek van meet af aan verspilde moeite. Even denken hoor, nu even concentreren. Zal ik daar straks mee beginnen, met dat begrip struikelhul; of de zaal dat ook heeft?

Maar verder kom ik niet, want mijn toilet zwaait open en ik zit in het volle licht!

Het is het meisje van het buffet, dat paf in de deuropening staat.

– Had u gebeld meneer? vraagt ze angstig.

Eerst ben ik sprakeloos. Dan plooi ik mijn gezicht in de brutaalste struikelhul waarmee ik ooit iemand aankeek en zeg ik:

– Jazeker meisje. Ik wou in de pauze graag een whisky.

# LATTEN LATEN

Wij hadden ski's gehuurd en schoenen, en een appartement besproken.

Sneeuwkettingen gekocht, een route uitgestippeld en ons ruim voorzien van drie vreemde valuta's.

Wij hadden broodjes gesmeerd, een thermoskan koffie gevuld en, om minder bagage te hebben, onze skipakken vast aangetrokken.

U gniffelt, want u heeft het al in de krant gelezen: twaalf uur later bereikten achthonderdduizend Nederlanders de lentegroene Alpen. Geen vlok te zien.

De weerman en de juffrouw van de ANWB hadden ons al bedenkelijk toegesproken en bij het benzinestation aan de Zwitsers-Franse grens wilde de pompbediende ons spottend een bus spuitsneeuw aansmeren, maar wij wilden onze ogen niet geloven.

De eerste drie dagen dreigden wij dat wij alles weer zouden inpakken en morgen vertrekken, als het niet snel begon te sneeuwen. Ook berekenden wij op onze zakjapanner wat een annuleringsverzekering ons zou hebben gekost en wat wij wel niet voor leuke dingen in Nederland hadden kunnen doen. Vriendelijk knikkende autochtonen werden niet teruggegroet. Verbeten zonnebadend op ons balkonnetje, sloegen wij om de minuut onze ogen op om de staalblauwe hemel af te speuren naar ook maar het geringste wolkje waaruit, zo verzekerden wij elkaar om het hardst, de komende nacht een meters dik pak sneeuw zou gaan vallen.

Toen de thermometer op de middag van de tweede kerstdag drieëntwintig graden aanwees, sloeg onze hoop om in vertwijfeling, die in de laatste week van 1988 wegebde en plaats maakte voor een giechelig soort aanvaarding.

Alleen al in ons dorpje kwamen tienduizend Fransen, Duitsers, Engelsen, Belgen en Nederlanders tot de bevrijdende ontdekking dat niet skiën veel leuker, veiliger, rustgevender en goedkoper is dan wel.

Wij ontwikkelden een geheel nieuwe vakantielijn!

Bij het Bureau du Tourisme, dat afficheerde waar in de almaar wijder wordende omtrek nog een piste open was, verdrongen zich elke dag minder geïnteresseerden.

De schaarse nieuwkomers die, met hun autodak vol lange latten, ons dommelende dorpje binnenkletterden, verwezen wij verder; richting Finland.

Nu vormde zich een internationaal ploegje prima vaders, dat iedere middag in het café-tabac bij elkaar kwam om, rond een teil Glühwein, plannen voor de wereldvrede te smeden. Ik was ook van de partij.

Wij zouden veranderen en voorgoed: de laatste restjes naijver en status smolten als sneeuw voor de zon.

Eindelijk waren wij allemaal gelijk, in de schaarse kleren die wij avant of après-ski hadden willen dragen maar die wij nu de hele dag au lieu du ski aan hadden en waaraan niet langer viel af te lezen of wij voorgaven de zwarte, de rode of de blauwe afdaling aan te kunnen.

Ik maakte nieuwe, internationale vrienden; sommigen zelfs in korte broek.

Om wat gezondheid te snuiven gingen wij elke middag om vier uur, direct vanuit het café, met zijn allen naar boven, in de enige nog werkende télécabine; niks bij ons, handen in de zakken, na u, nee na u, u was eerst. Vervolgens deden wij geen vijf razende, levensgevaarlijke minuten over de afdaling, maar twee onvergetelijke uren.

Wij stonden vaak stil en dachten veel na.

Soms gingen we zomaar ineens op grote, zachte stenen zitten. Ik heb nog een boer geholpen, met het verschuiven van wat schoven.

Tientallen huwelijken zijn daar gered. Iedereen had weer eens tijd om alles bij, uit en weer goed te praten. Glunderende grootouders wandelden hand in hand met kleinkinderen die zij, had er sneeuw gelegen, hooguit drie keer hadden zien langssuizen. Ik heb een vrouw gezien die, midden in een bergweitje, haar man leerde breien. Jongens en meisjes die elkander de tekst en melodie van hun volksliederen bijbrachten. Honderden gezinnen hervonden zich rond de tafel, in de spelletjes die de librairie al dertig jaar in voorraad had.

Er hoefden geen kapitalen aan peperdure skipassen te worden besteed en de vrijgevigheid vierde hoogtij. Sigaren, wijn, elkanders kranten!

Steeds roerender werden wij het eens in alle talen. Smeltende poolkappen, zure sneeuw, het gat in de ozonlaag, glasnost – nee, dat werd nooit meer wat, met die wintersportvakanties. Niet dat dit ons ene moer kon schelen, want geen van ons bezat nog ski's. Die hadden wij, ter verwelkoming van 1989, allemaal op een grote hoop gegooid.

Tot over de Alpen was ons vreugdevuur te zien.

# NAAR DE BOLLEN

Het moest een zondag in Mei zijn en het gezin moest er vroeg voor opstaan. Eerst de kinderen. Die schoven hun gordijn open, zagen dat het mooi weer was en controleerden in hun pyjamaatjes de temperatuur, op het balkon. Dan gingen zij hun ouders wakker schudden, roepende dat het zeven uur was en al hartstikke warm.

Vader en moeder wilden eerst nog even blijven liggen, maar beloofd was beloofd, dus een half uur later werd er ontbeten. De kinderen waren te opgewonden om te gaan zitten en aten hun boterham terwijl zij elkander rond de tafel achterna zaten. Er ging een thermosfles koffie mee en de regenjassen voor de zekerheid en een plaid om op te zitten, ergens in de berm, als het tenminste zonnig zou blijven.

Half negen was het nu. Ze waren lekker vroeg, maar toch bij lange na de eersten niet; op de Wassenaarseweg telden ze wel twintig auto's. Die gingen allemaal richting Sassenheim, Lisse en Hillegom: naar de Bollen!

Wie het eerste een bollenveld ziet, jongens! riep vader. Maar de kinderen waren veel meer gespitst op de Slingers. En daar stonden ze! Dorpse jongens en meisjes, naast tafeltjes vol bloemenkransen. Slingers hier Twee Gulden! stond er gekalkt op borden waar kleine bollenkwekerskinderen naast stonden, nog slaperig. Ze hadden er een stuk of tien om en hielden er bovendien nog twee of drie gespreid in hun armen, zoals moeder de streng wijd hield zodat oma die tot een knot wol kon opwinden.

Ze reden stapvoets, om de slingers goed te kunnen keuren. Deze zijn nog veel te duur, vond vader. In Noordwijkerhout, daar wist hij goedkopere. Hier Alle Slingers Een Rijksdaalder, stond er in Noordwijkerhout op de borden.

Nu kwamen hun de eerste auto's tegemoet die al een slinger hadden. Sommige vaders hadden hem in een V op de motorkap bevestigd (Volkswagens), andere automobilisten hadden hun trofee horizontaal voorop hun grille gehangen. Ze reden weer terug naar Lisse. Aan de rand van het dorp, zei vader; daar hebben ze de voordeligste slingers. Hier Alle Slingers Drie Gulden! lazen ze even later.

Laten we die dan maar nemen, zei moeder; anders blijven we maar rondrijden. En anders zijn ze op! riepen de kinderen bang. Dus stopte vader en mochten de kinderen er eentje uitzoeken, bij een jongetje dat veel jonger was dan zij. Met twee touwtjes bond vader de slinger voorop de neus van de Vauxhall. Zo konden ze hem zelf niet zien, maar alle kale auto's die hun tegemoet reden en die nog moesten, zagen zodoende des te beter dat zij al naar de Bollen waren geweest!

Het was pas elf uur toen ze hun straat weer inreden, waar al wat kinderen buiten speelden, die helemaal niet verbaasd keken, toen ze hun versierde auto zagen. Jaloers, dachten de kinderen. Omdat hun vader geen auto heeft en zij lekker niet naar de Bollenvelden kunnen. Maar toen ze koninklijk uitstapten en hem eraf wilden halen (ze hadden in de auto afgesproken hoe lang ze de slinger ieder om beurten om hun hals mochten dragen, de hele verdere dag), toen zat hij er niet meer op.

# MIJN COME-BACK

Ik begreep het wel van mijn zoon, want toen ik zelf zestien was had ik haar net zo min kunnen weerstaan: die droevig stemmende aanvechting om er voorgoed mee te stoppen. Alsof je het uitmaakte, met je meisje. Van de ene op de andere dag vond ik voetballen niet leuk meer.

Die uren durende fietstochten voor het spelen van chacherijnige uitwedstrijden en het gedwongen verblijf in van boeren en scheten vergeven kleedkamers en het door regen en wind terug naar huis pompen, met de cijfers van de nederlaag bonkend in je achterhoofd en al voorvoelend dat ik het hele weekeinde, dwangmatig, de door mij gemiste pinantie nog een keer of honderd op mijn netvlies herhaald zou krijgen – nee, ik vond er ineens geen bal meer aan.

En was de training nou nog maar een beetje stimulerend geweest, maar die werd geleid door een pukkelige sadist uit Junioren A1 en bestond elke woensdagmiddag uit twintig rondjes looppassen rond het hoofdveld, vijf minuten koppen, vijf minuten stoppen en ten slotte het spelen van een fredikeetje; tot het te donker werd en het oefenpartijtje steevast eindigde in ruzie, omdat we ijzeren bijzetdoelen gebruikten, zonder net, zodat in de vallende schemering niet goed viel waar te nemen of de bal, die wij om beurten uit de sloot moesten vissen, nu had gezeten of niet.

Ik liet mijn vader, als reden voor mijn bedanken, 'tijdgebrek door studie' invullen en ging basketballen.

Die bevlieging duurde precies één seizoen. Bij het voetballen scoorde ik al vrijwel nooit, maar de weg naar dit netje wist ik nog minder te vinden. Dus weer gestopt en nooit meer officieel aan sport gedaan, daarna. Beetje fietsen, potje pingpong, robbertje sjoelbak en honderden balletjes met mijn zoon getrapt, dat wel.

Bij elkaar toch nog wel zo'n vijftig corners genomen, op gewone schoenen. Voor de aanvang van door mijn zoon gespeelde wedstrijden, als zijn elftal nog niet compleet was. Liepen er pas een jongetje of vijf, zes. Dribbelde ik zo'n beetje rond, eerst langs de lijn en dan erbinnen, hopend op een afzwaaiend schot.

Maar in de negen jaar die mijn zoon daar voetbalde raakte ik met alle spelertjes uit zijn elftal zo vertrouwd dat ze mij vaak bij hun warming-up betrokken en ik steeds meer ballen kreeg aangespeeld: Zet u even voor, meneer Van Kooten?

Toen ze allemaal net met voetballen waren begonnen, vervoerde ik om de andere week bijna het hele pupillen-elftalletje in mijn auto. Met gemak, want ze zaten zonder onderlinge tussenruimte op mijn achterbank, volgens dezelfde kluit-formatie waarin ze tijdens de wedstrijd achter de bal aan huppelden. Binnen negen seizoenen wisselde ik een paar maal van auto en hoewel de nieuwe wagen altijd iets ruimer was dan de vorige, pasten er op het laatst nog maar vier junioren achterin. Mijn zoon zat nu naast me en vulde in zijn eentje de stoel waarop ik ze, in gedachten, nog met hun drietjes vastgesnoerd zag zitten, achter de veiligheidsgordel. Alles leek een week geleden.

In navolging van mijn eigen vader die, vijfendertig jaar terug, de spelers van mijn elftal na elke overwinning op een zogeheten Zoute Schuine fuifde (grote, ruitvormige plakken drop die alleen dubbelgevouwen in je mond pasten), had ik een premiestelsel in het leven geroepen.

Bij een nederlaag kregen ze niets, als ze gelijk speelden een Mars en voor een overwinning toucheerden zij de man een Mars en een Cola.

Het waren mijn gelukkigste momenten van de

week: na een zege in de kantine mijn triomfantelijke bestelling plaatsen en vijf minuten later juichend ontvangen worden in hun dampende kleedkamer.

Daarom kromp mijn hart een paar maten toen mijn zoon, nu een jaar geleden, verklaarde dat hij met voetballen wou stoppen.

– Weet je het zeker? vroeg ik; krijg je daar geen spijt van?

Nounee, hij dacht van niet. Want hij ging lekker basketballen.

– Ook fantastisch, zei ik; basketballen. Dat heeft je vader ook nog een paar jaar gedaan, wist je dat?

Ja, dat had ik al eens verteld.

Dus ik zei zijn lidmaatschap op, maar bleef zelf wel donateur.

Eén keer ben ik nog gaan kijken naar een wedstrijd van zijn voormalige elftal, dat nu B1 heette. Ik ging alleen, want mijn zoon moest basketballen.

De jongens groetten mij met strakke monden en bij het intrappen kon er geen balletje voor mij af. De keeper had een snor gekregen en zij verloren. Dat kwam wel goed uit, want bij een overwinning had ik niet geweten of en hoe ik mijn oude premie moest ronddelen.

En toen, nu twee maanden geleden, zei mijn zoon na een met 86–24 verloren basketballwedstrijd:

– Ik denk dat ik weer ga voetballen.

Mijn hart sprong op.

– Prima! juichte ik; in welk elftal kom je dan?

– In A1, zei hij; Rob en Frank zeiden dat ik in A1 kon komen.

– Ik bel nu meteen naar de secretaris voor een nieuw inschrijfformulier, redderde ik.

Mijn zoon voetbalt weer! En hoe! En ik mag weer mee! Maar god, wat zijn die wedstrijden sneller en harder geworden, in dat jaar tussenruimte! Vliegende tackles, krakende frontale botsingen. De eerste keer liep ik trillend van verontwaardiging mee, langs de lijn. Hee, hola, hee! wilde ik voortdurend roepen; kan dat niet een beetje minder, jongeman? Maar omdat ik bij de andere vaders, ook na de hardste overtreding, geen greintje verbolgenheid constateerde, heb ik mij aangepast en houd ik mij in.

Corners durf ik niet meer te nemen voor aanvang van een wedstrijd (zo hoog als zij, door hun lengte, de ballen moeten hebben – zo hoog krijg ik ze geeneens), maar bij uitwedstrijden zit mijn auto weer ouderwets vol met drie à vier beleefde reuzen.

Mijn zoon meegerekend, spelen er in dit hoogste

juniorenelftal vijf jongens die in 1979 ook al deel uitmaakten van het allerlaagste pupillenploegje; aan welke tijd zij, met lieve, diepe stemmen, fonkelende herinneringen ophalen.

Wij kregen pas na een jaar of twintig last van Jeugdsentiment; zij lachen nu al om hoe ze toen waren.

Ik zie hun ogen schitteren in mijn achteruitkijkspiegel en beluister ademloos hun toekomstplannen: Frank gaat bij de luchtmacht om straaljagerpiloot te worden, Rob wil een jaar studeren in Amerika, en Michiel is gevraagd om, als vrijwilliger, te komen werken in een Portugees afkickcentrum.

– Wat denk je? neem ik mijn zoon na drie nieuwe voetbalweken even apart; zal ik weer wat in de kleedkamer brengen na afloop, als jullie hebben gewonnen? Of wordt dat langzamerhand een beetje kinderachtig?

Hij moet er even over nadenken. Trapt een putje in het gras.

– Doe maar, zegt hij; alleen geen Mars en Cola.

– Wat dan? vraag ik zenuwachtig.

– Een broodje, besluit hij; een broodje als we gelijk spelen en als we winnen een broodje en een pils. En denk aan de reserves. Twee.

Dan sprint hij weg, om in te gaan trappen.

Ze winnen die middag. Drie-nul. Mijn zoon scoort twee keer. Hij is links, wat zijn doelpunten nog mooier maakt. Joesoef, de Marokkaanse jongen die pas halverwege dit seizoen de gelederen kwam verfraaien, zet de derde, met een kopbal.

– Mag ik dertien broodjes kroket en dertien pils? vraag ik aan de kantinejuffrouw van de ontvangende club.

Tien minuten later stap ik, de premies torsend, voor het eerst na ruim een jaar weer een jongenskleedkamer binnen. Vijf spelers slaan snel een handdoek om, maar de ouwe hap van het elftal blijft gewoon rondpoedelen in zijn blote kont. Ha, meneer Van Kooten, te gek!

Ik deel de broodjes rond en mijn zoon het blad met bier.

Joesoef lacht verlegen als ik hem zijn kadetje met de walmende kroket toesteek.

– Dat mag ik niet hebben mijnheer, schudt hij ernstig; geen kroket.

– Dan krijgt hij stront met zijn vader, roept de keeper; hè Joes? En ook geen alcohol. Nou, daar ben je mooi klaar mee, met die godsdienst van hem!

– Valt best mee hoor, zucht Joesoef. Hij kijkt naar het deinende blad met bier.

– Te gekke kopbal was dat trouwens, zeg ik; maar wat zal ik dan voor je halen?

– Haal dan maar een Mars en een Cola, beslist mijn zoon.

– Ja, is lekker, lacht Joesoef.

– Ik ben zo terug, beloof ik.

Het hele volgende seizoen mag ik dit weer meemaken, realiseer ik mij op de terugweg naar de kantine. Ik klok het pilsje achterover en hap snel Joesoef zijn broodje kroket weg. Ik grom van geluk. En ik smak. Zo smaakt alleen het vaderschap.

# ZO WORDT U GELUKKIG

Zet het beschermingskapje op. Knip het puntje van de dop. Aquaria, etenswaren en vogelkooien afdekken. Smeer wat boter langs de rand. Blijf een meter van de wand. Steek de tong in de grendelgesp.

De groene flappen moeten hangen. Stapel, ter voorkoming van ijsvorming, de pakjes niet te hoog op elkaar. Monteer nu de witte stangen. M.a.w.: brandt het rode lampje niet? Iets achterover kantelen.

Trekken aan het gele strookje. Vastzetten met b.v. muntstuk. Achter de blauwe lijn blijven. Verzet nu het rode pookje. Staan alle mannetjes rechtop? Overtuig u ervan dat de rollers goed schoon zijn. Ongeacht uw haartype.

Plaats alle personen op dezelfde afstand. Spoelen in een luchtig sopje. Deppen met een wattenpropje. Verwijder nu het rechterplaatje. Steek het haakje door het gaatje. Zet dit vast d.m.v. draadje. Maximaal per pot één zaadje!

Uit het gerecht druipend vocht opvangen. Bij verstopping de nummers 3 en 5 doorblazen. Deksel stevig dichtdoen. Pompnummer onthouden. Maak los door zachtjes met de hand te wrikken.

Schakel uit bij zoemen. Neem nooit indien verkouden. Bij verhitting nummer 4 geheel uittrekken.

Let op de insnijding van de kraag. Doe dit om en om. Houdt afstand. Leg de natte stroken thans te drogen op de badrand. Borstel uitsluitend in de richting van de pijl. Verder droogwrijven met keukenpapier. Niet krabben. Bittere kern wegsnijden. Vergeet de achterzijde niet. Hoekjes!

Vijf minuten koken. Daarna tien minuten bakken. Zodra de pot gaat roken snel het schermpje laten zakken. Draai de knop nu langzaam naar rechts, totdat het landschap zijn oorspronkelijke kleur terug heeft. Vul desnoods de neuzen op met enkele tissues. Herhaal deze handelingen gedurende 8 à 10 dagen.

Houdt u aan de tijden. Houdt de bus rechtop bij spuiten. Geen leidingwater gebruiken. Draai A en B naar binnen. Draai C en D naar buiten. Niet met speeksel proberen! Lichtjes kloppen. Stevig wrijven. Zie voor braden onder Vlees 4. Riempje stevig aantrekken. Houdt u last van dode haren, dan de dosis iets verzwaren. Wilt u voor geschenken sparen, dan moet u de bon bewaren.

De oplossing niet opnieuw gebruiken. Laat dit overal goed intrekken. Drogen en in model brengen. Spuit nu krachtig in de andere hand. Denk vooral ook aan de buren. Bewaar kalmte. Verdeel gelijkmatig. De klacht zo duidelijk mogelijk omschrijven. Altijd uw nummer vermelden.

# VRIJHEID

– Hadie meneer Koot!

– Goedemorgen John.

– Problemen, meneer Koot?

– Ja John. Hoewel, het is eigenlijk meer een lulligheidje.

– Wij zijn er ook voor de lulligheidjes meneer Koot.

– Daarom. Jullie hebben toen op mijn racefiets dat computertje gezet.

– Ben ik niet bij geweest.

– Nou ja, is in elk geval hier gebeurd. De Delta Sport OJ 400. Ik heb de bon meegenomen. En het garantiebewijs. En dit is mijn paspoort.

– Dat zit wel goed hoor meneer.

– En hier is een giropas en een betaalcheque. Maar ik kan natuurlijk ook contant betalen.

– Doettie het niet?

– Hij doet het super. Ik heb er een plezier van, dat is gewoon enorm. Je fietst nooit meer alleen, dat is het leuke.

– Geen toertochten, meneer Koot?

– Nee nooit. Altijd alleen. Naar Bussum, Naarden; dat soort ritjes in die contreien. Ik haat dat fietsen in van die kleffe pelotonnetjes met twintig middelbare buiken in sponsorshirtjes van de slager. Nee: solo. Hoe sterk is de eenzame fietser, dat idee. Maar dat zeg ik: met zo'n tellertje ben je altijd met z'n tweeën.

– Mevrouw Koot fietst niet mee?

– Mevrouw Koot en ik zijn uit elkaar John. Dat was het beste voor alle partijen. Maar daar ben ik overheen, want ik heb alles lekker van me af kunnen fietsen.

– En onderweg een beetje met uw computertje spelen.

– Zalig! Je kent dat wel. Trip Distance op nul zetten, Stopwatch indrukken, vijf minuten alles geven, echt tot aan de pijngrens en dan gauw kijken wat je Average Speed was.

– En dat geeftie allemaal goed aan?

– Geen klachten John.

– Ook de Total Distance?

– Nou daar gaat het dus om. Ik heb hier de bon. 14 juli heb ik hem gekocht. En we hebben nu 16 september en gisteravond om half acht wees hij dus nog 56 kilometer aan.

– Zozo. Op en neer naar Amersfoort geweest?

– Nee, die 56 kilometer was dus de Total Overall Distance. Ik heb het door alle toestanden gruwelijk druk gehad, maar dat gaat nu veranderen. Als het tenminste mooi weer blijft.

– Dus wat was uw Total Distance in twee maanden?

– Ja, nee, ik kon dus pas in augustus beginnen te trainen. Half augustus.

– Dat vraag ik niet, ik vraag wat de teller dus aangaf.

– Vijf zes John. Zesenvijftig kilometer. Maar die zijn dus weg.

– Hoezo weg?

– Hier, ik heb de gebruiksaanwijzing bij me. En ik ken mijn PIN-code uit het hoofd. Kijk: Wisselen van de Batterijen zonder Gegeven-Verlies.

**WISSELEN VAN DE BATTERIJEN ZONDER GEGEVEN-VERLIES**
Batterijen: 2 x 1.5 volt, type SR 44 (G 13) 11,6 x 5,4 mm
Verwissel de batterijen na 2 jaar, of wanneer het scherm zwakker wordt. Als de batterijen binnen 30 seconden worden verwisseld blijven de gegevens in de computer (fig. 21 – 24).
**Belangrijk:** de batterij-wisseling is pas beeïndigd als het deksel van het batterijvak is vergrendeld.

– Ja. Fluitje van een cent.

– Maar ik ben de gegevens verloren. Kwijt.

– Moest u dan al batterijtjes wisselen? Die gaan twee jaar mee hoor.

– Ik had hem aan laten staan.

– Wat had u aan laten staan?

– De stopwatch.

– Ja, die telt door als je hem niet uitzet.

– Zodoende. Ik had een week niet kunnen trainen en ik kom in de garage en hij stond op 123 uur en 40 minuten en nog wat. Hele flauwe cijfertjes nog maar.

– Ja, dat vreet natuurlijk batterijen.

– Dus ik wisselen. Ik had batterijtjes gehaald bij het tankstation.

– Dat zijn niet de goeie hoor.

– Jawel, ze waren van het type 2 x 1,5 volt, Type SR 44 (G 13), 11,6 x 5,4 mm. En jullie waren al dicht.

– Dat moet in een halve minuut, wisselen.

– Dat las ik ja, dus daar werd ik ontzettend nerveus van. Ik had een kathedraal van een kater, beetje trillende handen, daarom wilde ik ook juist gaan fietsen, maar wat is dertig seconden nou helemaal?

– U doet gewoon hap de ouwe deruit en hup de nieuwe derin.

– Ik liet er eentje van de nieuwe vallen, in het gras. Ik op mijn knieën, maar ik had mijn lenzen niet in. Heb ik nooit, met fietsen. Dus ik haalde het niet. En toen ik hem eindelijk terug had kreeg ik het dekseltje van het batterijvak niet vergrendeld. Adieu 56 kilometer!

– Tja. D'r zijn ergere dingen, meneer Koot, op de wereld.

– Tuurlijk! Maar misschien kan ik nou tot april volgend jaar niet meer trainen en dan kan fietser dezes dus weer helemaal opnieuw beginnen! Is alles in feite voor niks geweest. Zesenvijftig kilometer John, en daar zaten hele gemene stukken tussen. Veel tegenwind, vals plat, soms wel drie bruggen op 1 rit. Het begon zelfs een keer te regenen. Nou, en achteraf kan ik dat dus allemaal net zo goed niet hebben gereden. Dat valt niet meer te bewijzen.

– Als u het straks wat rustiger hebt, begint u weer gewoon lekker op nul. Laat mij ze maar even goed erin zetten.

– Dus ik kan vrolijk weer op nul beginnen, bedoel je? John, je hebt geen idee wat een geschuif met agenda's en een gebel en een afzeggen van eteborrels die zesenvijftig kilometer mij hebben gekost! Wat het voor mij betekende, dat ik mijn Total Distance zag oplopen. Het is een woord uit de sixties John, het spijt me, maar die Total Overall Distance dat was mijn Freedom. De barometer van mijn persoonlijke vrijheid. Kilometers waarin ik van niemand afhankelijk was, niet gebeld kon worden, waarin er bloemblaadjes om mijn oren vlogen in plaats van faxen. Dus wat ik wou vragen is: hoe krijg ik ze terug?

– Hoe bedoelt u terug?

– Terug in mijn stuurcomputertje. 56 kilometer. Of weet je wat? Maak er maar zestig van. Dat telt wat makkelijker.

– Dat gaat niet.

– Gaat niet.

– Nee. Kan niet.

– Hebben jullie daar geen truukje voor?

– Dat is allemaal digitaal meneer Koot.

– Dus jullie kunnen hem niet even kraken?

– Dat gaat alleen met fietsen.

– Alleen met fietsen.

– Alleen door echt te fietsen. Of u moet een week lang elke nacht aan dat voorwiel gaan zitten draaien, maar dan is dat nog veel hoor, zesenvijftig kilometer.

– I see.

– Dus zo zit dat.

– Jij wielrent zelf toch ook nog steeds, John?

– Bij de nieuwelingen ja. Volgend seizoen amateurs.

– Ja ik kom je wel eens tegen in de Wieler Revue, bij de uitslagen.

– Veel pech gehad, dit seizoen.

– En wat train jij nou zo, gemiddeld?

– Honderd, honderdtwintig.

– Kilometer.

– Ook wel eens honderdvijftig, als ik hier wat eerder weg kan.

– En elke week.

– Nee, per dag. 's Avonds. Dan ga ik hier om vijf uur weg, want god het is nog licht tot half acht.

– En vanavond? Ga je vanavond ook nog? Trainen?

– Ja, het ziet er goed uit. Ik denk Zwolle op en neer.

– Is misschien een lullige vraag John en begrijp

me asjeblieft niet verkeerd, maar als ik jou honderd gulden geef, zou je dan op mijn fiets willen gaan?

– Ben u gek, meneer Koot? Dat wil ik wel voor niks, een keertje op de uwe. Special AA-frame, toe maar! Ik heb zelf maar een heel gewoon fietsje hoor. Nee, doen we. Service van de zaak.

– Fantastisch! Geregeld! Pak van mijn hart. Het gaat mij er echt niet om dat ik iedereen wil laten zien hoeveel er op mijn teller staat hoor John; het is enkel en alleen voor mezelf.

– Ik begrijp het meneer Koot.

– Puur voor mijn zelfrespect, hoe gek dat ook klinkt.

– Is geen punt. Maar nou ik u toch hier heb: heeft u onze Triathlon-sturen gezien? Die zijn in de reclame. De hele set. Dus de beugel, twee elleboogsteunen, bouten, vleugelmoertjes, stuurlint.

– Dat ziet er mooi uit John.

– Zal ik vanavond als ik terug ben d'r eentje voor u op zetten?

– Doe dat maar, John. Dat stimuleert weer.